D+

dear+ novel nearly equal・・・・・・・・・・・

ニアリーイコール

凪良ゆう

新書館ディアプラス文庫

ニアリーイコール

contents

illustration：二宮悦巳

プ ロ ロ ー グ
2 0 0 5

PROLOGUE 2005

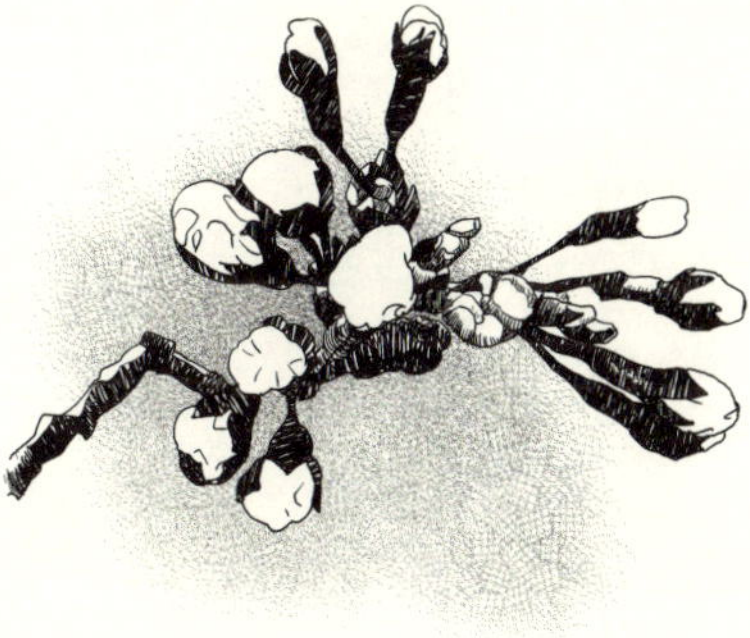

最初に思い出すのは満開の桜の川べり――。

「この川はね、『多幸川《たこうがわ》』って言うのよ」

お迎えの母親と手をつないで、仁居《にい》はよくこの川べりを歩いた。母親は花が刺繍《ししゅう》された白い日傘《ひがさ》をさしていて、自分は幼稚園の水色のスモッグに黄色い帽子《ぼうし》をかぶっている。

「タコがいるの？」

幼《おさな》い仁居の問いに、母親は『たこう』と笑った。

「幸せがたくさんっていう意味よ」

「しあわせって？」

「楽しいことや嬉しいこと。恭明《やすあき》とこうして手をつないでおうちに帰ること。おうちでおかあさんと一緒にプリンを食べること。日曜日はおとうさんと三人で遊園地にいくこと」

「おとうさんやおかあさんやプリンや遊園地が流れてるの？」

「素敵な川でしょう？」

「おとうさんとおかあさんが流れていくのは嫌」

唇《くちびる》をとがらせる幼いわが子に、日傘をさした母親は愛《いと》しそうに目を細めた。

うららかな春の日差し、降る桜の花びら、川べりには黄色の菜の花や濃い桃色の野ばらが咲き乱《みだ》れていて、目の前を紋白蝶《もんしろちょう》が横切っていく。仁居の世界は明るく美しかった。

それからたった三年後の大雨の夜、幸せがたくさん流れるという川に父と母は飛び込んで、小さな仁居の手の届かない、遠い遠い場所へと流されていった。

父が経営していた会社が倒産してしまい、抱えた多額の負債を苦にしての自殺だった。最初は仁居も一緒に連《つ》れていくはずだったのに、寸前で母親が反対した。

「ごめんね、恭明、お父さんとお母さんのこと忘れないでね」

泣きながら仁居を抱きしめたあと、

「だめ、やっぱり忘れて」

ふっと我《われ》に返ったように言い直した。

「たくさん愛して、愛されて、恭明はずっと幸せに生きていって」

母は仁居を強く抱きしめ、父は少し離れた場所で上の空で立っていた。

「おかあさん、おとうさん、どこいくの。俺もいっしょにいく」

家を出ていくふたりを追いかけたけれど、目の前で優しくドアは閉められた。

両親を亡くした仁居は、母方の叔母の家に引き取られた。母の妹である叔母と夫の叔父。悪い人たちではなかったけれど、一人娘のみちるに対する態度とはやはりちがった。幼かった仁居はいつも一歩引いた場所から、自分が失った『家族』を見つめながら育った。

みちるから告白されたのは、高二に上がった春休みだった。少し前からみちるの好意は感じていたけれど、仁居は女性に恋愛感情を持てない自分を自覚していた。正直にそうだとは言えず、やんわり断ったが、傷ついたみちるは仁居が自分をいやらしい目で見る、これ以上は一緒に住みたくないと言い出した。そんなことはしていないと訴えたが、一人娘を溺愛《できあい》している叔父は激怒し、仁居は家を出されることになった。

「こんなことになって、あたしは姉さんに顔向けできんが」

叔母はみちるのほうが仁居に好意を持っていたと気づいていたのだろうか。何度もごめんね、ごめんねと仁居に謝った。

「進学のことは心配せんでええからね。叔母ちゃん、それだけはちゃんとするから」

「ありがとう。叔母ちゃん、俺のせいでつらい思いさしてごめんね」

家族と仁居との板ばさみになっている叔母に、仁居は頭を下げるしかできなかった。

叔父名義の部屋で、仁居は十七歳でひとり暮らしをすることになった。叔母はたまに様子を見にきてくれたが、年末も正月も仁居は古いアパートでひとりで過ごすことになった。

アパートの窓からは多幸川が見下ろせた。ほんの少しの荷物があるだけのそっけない室内に背を向けて、幸せがたくさん流れているという川を眺めるのが仁居の常になった。

佐田《さだ》に出会ったのは、夏休みにはじめたアルバイトのコンビニエンスストアだった。

出会ったというのは、正しくないかもしれない。仁居の高校にはアーチェリー部があり、実地指導ができる経験者としてきている大学生が佐田だった。帰宅部の仁居とは接点はなかったが、さわやかな見た目が女生徒に人気があることは知っていた。

「こんな夜中にも入ってるの？」

商品の補充をしているときに話しかけられ、振り向くと佐田が立っていた。

「深夜勤務は校則違反じゃないのか」

「す、すみません。今日だけ、どうしても人手が足りなくて」

普段は夕方からのシフトに入っている。

「いつもじゃないの？」

「はい」

「じゃあ見逃すよ」

あっさりした笑顔にホッとした。

「びっくりさせてごめん。話しかけるきっかけにしただけなんだ」

「え？」

「きみ、玉高の子だろう。何度か昇降口ですれちがったことがある。女子より綺麗な顔してて覚えてた。でも馴《な》れ馴《な》れしく話しかけて、おっさんうぜえとか思われたら嫌だなと思って」

「そんなこと思いません」

「それならよかった」

佐田がうなずく。そこで会話が途切れ、口下手な仁居はうつむいた。

「にい」

名前を呼ばれ、顔を上げた。

「って読むの？」

佐田は仁居の胸元のネームプレートを指さした。

「あ、はい」

「猫みたいな名前だな」

そう言うと、にぃ、にぃ、と佐田は猫みたいな鳴き真似をした。おもしろい人だ。小さく笑うと、佐田も笑ってくれた。女生徒が騒ぐのもわかる、さわやかな笑顔だった。

「家、近いの？」

「自転車で十分ほどです」

「帰り、暗いから気をつけて」

「はい」

じゃあねと佐田はビールの入ったかごを手にレジへいってしまった。

なんでもない言葉だった。けれど誰かに気遣われるのは久しぶりで、仁居は佐田の言葉を繰り返しながら夜道を帰った。帰り、暗いから気をつけて。帰り、暗いから気をつけて。

——女子より綺麗な顔してて覚えてた。

つられて思い出した言葉に、今さらじりりと耳が熱くなっていく。そんな自分が恥《は》ずかしくて、自転車のペダルをこぐ足に力を込めた。

佐田は昼間は大学に通い、指導員として高校に出入りする他に、町にひとつだけあるスポーツジムでもアルバイトをしていた。だいたい九時すぎに仁居の勤めるコンビニエンスストアにきて、ビールと夕飯を買う。

「食ってるもの知られるって、なんか恥ずかしいな」

顔を合わせるたび、佐田は気軽に声をかけてくれた。仁居はいつも小さく笑うだけだ。こんなとき、上手に切り返せるくらい気の利く人間だったらいいのにと思っていたけれど、

「この新発売のビール、うまい?」

その日は口下手の仁居も答えることができた。

「軽いから飲みやすいですよ」

すると佐田は困った顔をした。

「そこは『未成年だから飲めません』って言わないと」

「あ……」

しまった。ひとり暮らしをしてしばらくしてから、さびしさを紛《まぎ》らすように一度飲んで以来癖《くせ》になった。すみませんと頭を下げると、ぷっと吹き出された。

「俺は先生じゃないから、そんなビビらなくていいよ」

「……でも、すみません」

ひたすらうつむいていると、まいったなと佐田が言った。

「仁居くんと話がしたくて、打ち返しやすそうな球を投げただけなんだけど」

えっと顔を上げると、佐田がレジのカウンター越しに手を伸ばしてくる。

「びっくりさせてごめんな」

くしゃりと大きな手で髪をかき回され、仁居は固まった。

こんなふうに誰かにさわられたのは何年ぶりだろう。

佐田が帰ってから、仁居はカウンターの内側でへなへなとしゃがみ込んだ。あふれそうななにかに耐えながら、あっけなく恋に落ちてしまったことを自覚した。

レジのカウンター越しに一言、二言、言葉をかわす。そんなささやかな片思いが大きくはみ出したのは、ゲリラ豪雨《ごうう》で小さな町が川のようになった日だった。

アルバイトを終えて帰ろうとしたとき、佐田が車で店にやってきた。水色の軽。すごい雨だから送ってあげると言う。まさか自分のことを気にしてきてくれたんだろうか。嬉しさと遠慮が同時に湧き上がる。戸惑っていると、強引に車に乗せられた。

「家、どこだっけ?」

エンジンをかけながら佐田が聞いてくる。国見町と答えると佐田は怪訝《けげん》な顔をし、しかしすぐに車を発進させた。嬉しかったのに、緊張でなにも話せないまま家についてしまった。

「ここ?」

どしゃぶりの中、いつもより一層古びて見える建物を佐田は車の窓越しに見上げた。

「二階の端です。ありがとうございました。すごく助かりました」

挨拶《あいさつ》をして車から下りようとすると、待ったと引き止められた。

「ここ、誰の部屋?」

「俺のです」

「仁居くんの家は谷屋町だろう。生徒名簿見たよ」

「え、なんで……」

まばたきをすると、佐田はややバツの悪い顔をした。

「ごめん。仁居くんのことが気になって」

佐田はごまかすような早口で言い、「誰の部屋?」ともう一度聞いてきた。

「俺の部屋です」

しかし佐田は納得してくれなくて、仁居はうつむいた。ひとりで住んでいることが学校にばれたら叔母に迷惑がかかる。答えられないでいると、佐田は車のシートにもたれた。

「誰の家かもわからないところには帰せない。なにかあったら俺の責任だし」

頑《がん》とした口調に、沈黙では逃げられないと思った。

「……本当に俺の家です。ひとりで住んでるんです」

「高校生が?」

かいつまんで経緯を話すと、佐田は愕然《がくぜん》とした。

「ひどいな。担任に相談しなくちゃいけない内容だけど」

「言わないでください。困ります」

すがるように見つめた。佐田は困った顔をし、考えなしな自分が嫌になった。こんなことになるのなら、送ってもらわなければよかった。

「やばい」

重い沈黙の中、ふいに佐田がつぶやいた。川からあふれた水が、じわじわと車の中にしみてきている。ふたりで慌てて車から出て、とりあえず仁居の部屋に避難《ひなん》した。

「使ってください」

差し出したタオルで足を拭き、佐田は部屋に上がってきた。がらんとした部屋を眺めながら、なんにもないな、とつぶやく。仁居は少し恥ずかしい思いをした。

「毎日ひとりなんて、さびしいだろう」

「もう慣れました」

佐田が振り向いた。

「慣れるもの?」

なんでもない問いだったのに、それは仁居の堤防《ていぼう》をあっけなく超えてきた。思いがけず涙がこぼれてしまい、佐田はごめんと何度も謝り、仁居はぬぐってもぬぐってもこぼれてくる涙をどうすることもできないまま首を横に振った。

その夜、あふれた水に浸《つ》かって佐田の水色の車は故障した。

同じように、仁居の気持ちもあふれて壊れた。


仁居と佐田は急速に近づいた。佐田は仁居の事情を学校には言わず、代わりに誰にも言えなかった仁居のさびしさを聞いてくれた。がらんとした部屋の窓辺に並んで座り、打ち明けごとは心をかわすことと変わりなく、言葉が尽きてしまうと佐田は仁居にキスをした。

くちづけをかわしてしまえば、身体《からだ》を重ねることを止められなかった。

「俺、駄目《だめ》だな」

行為のあと、くったりとしている仁居を抱きしめて佐田が言った。

佐田は教師ではないけれど、指導員として高校に出入りしている。ただの大学生と高校生ではない。しかも男同士だ。そういう意味では、自分たちは『駄目』だろうけれど――。

「良くても、駄目でも、どうでもいい」

自分から佐田の首筋に頬《ほお》をこすりつけると、溜息《ためいき》と一緒に抱きしめられた。

「恭明は意外と思い切りがいいよ」

そうなんだろうか。自分のことはよくわからない。けれど、自分はもうずっと長い間さびしかった。飢《う》えた子供が初めて菓子をもらったように、佐田がくれる甘さは全身を巡《めぐ》って自分をほしがりな子供に戻してしまう。仁居は佐田の匂いに包まれて目をつぶった。

――たくさん愛して、愛されて、恭明はずっと幸せに生きていって。

母親の言葉の意味が、今までよくわからなかった。仁居にとって幸せは、対岸にかすむ春の景色みたいに感じられて、届きそうで届かない、近いようで遠い、見えているだけで実感がないものだった。

けれど、今はわかる。いつも親しい友人のように仁居の隣《となり》にいる不安が、佐田の腕の中にいると消えてしまう。これが幸せだ。もし間違っていると言われてもどうでもいい。

仁居はこれにする、と決めた。

佐田とつきあうようになってから、仁居はおかしくなった。

たとえば、一日は二十四時間という世界共通のルールが崩れた。夏休みでも佐田はアーチェリー部の指導やスポーツジムのバイトもあるので、毎日一緒にはいられない。佐田と会えない一分は一時間になったし、佐田と会っている一時間は一分になった。

いいかげんな人間にもなった。佐田から会いたいとメールがきたとき、仁居は少し迷ってからアルバイト先に連絡を入れてずる休みした。佐田が会いたいと言っているのに、それを断ってレジを打つ自信がない。そう言うと、佐田にあきれられた。

「バイトさぼるなよ。俺とはいつだって会えるんだから」

「でも一回減る」

それは重大なことだ。佐田はぽかんとしたあと、やれやれと溜息をついた。

「真面目だったのに、すっかり駄目になっちまって」

佐田が仁居を抱きしめる。それだけで湯に落とされた角砂糖《かくざとう》みたいにじゅっととける。しっかりと形を保っていなくてはいけないものまで、とろけてぐずぐずになる。

「ずる休みするやつ、嫌い？」

「好きなやついないだろう」

「じゃあ、もうしない」

佐田がいいならするけれど、佐田が駄目と言うならしない。

乾燥して冷え切っていた仁居の中に、佐田はみるみる浸透していく。野放図《のほうず》と言っていいほどの勢いで、今まで仁居の心があった場所を奪っていく。それは歓《よろこ》びだった。最後に残った小さな領地で仁居は身を縮《ちぢ》め、息をひそめ、自分が思い決めた『幸せ』を見つめ続けた。


夏休みが終わり、二学期がはじまった。

放課後、昇降口を出たところで佐田とすれちがった。思いがけず会えたことが嬉しく、けれど佐田はアーチェリー部の部員に囲まれていて、仁居は万が一にも自分たちの関係が気取《けど》られないよう、目を伏《ふ》せて佐田の横を通りすぎた。

「こないだ、ちょっとびっくりした」

次に会ったとき、佐田が言った。

「おまえ、高校生なんだよな」

佐田は仁居の肩に頭をもたせ、ぼんやりとつぶやいた。

「忘れてたの？」

少し間を空《あ》けてから、うん、と佐田はうなずいた。

佐田は夢から覚めたような顔をしていた。

翌週、佐田は用事ができたと仁居の約束をキャンセルした。その次の週もそうだった。なにかあったのかと不安になったが、問いはしなかった。たったひと夏の間に佐田は仁居の世界のすべてになっていて、世界を疑えば仁居の居場所はどこにもなくなってしまう。

一分が一時間に感じられる長い休日を、仁居はじっと川を眺めて過ごした。うしろからかすかに怖いものが近づいてくる足音がしているが、恐ろしいので聞こえないふりをした。

半袖《はんそで》シャツをしまって長袖に入れ替えた次の週、佐田が部屋にやってきた。久しぶりだったので、仁居は単純に会えたことが嬉しかった。けれど佐田はそうではなかった。

「しばらく会わないでおこう」

佐田は部屋と台所の境目《さかいめ》の薄暗いところに立って、窓辺に座る仁居にそう告げた。

「どうして?」

佐田は困ったように目を伏せた。わかってくれよと言いたそうだった。

「俺が高校生だから?」

佐田はなにも言わない。肯定の沈黙だ。

「だったら学校やめるよ」

「え?」

「そしたら問題なくなるだろう」

「ちょっと待てよ。そんな簡単に……」

信じられないという顔をされ、仁居も意味がわからなかった。学校になどいかなくても生きていけるけれど、佐田がいなくては生きていけない。当たり前すぎることなのに。

「学校やめて、ふたりでこんな町出ていこうよ」

口にすると、ひどく晴れ晴れとした気持ちになった。

ああ、そうだ。自分はずっとこんな町出ていきたかったのだ。

仁居からすべて奪って、なにも返してくれないこんな町。幸せがたくさん流れているなんて嘘っぱちじゃないかと、うららかに流れる川を横目に、静かに怒りながら生きていた。

「恭明、ちょっと落ち着こう」

怯《おび》えたような顔をされ、仁居は首をかしげた。

「おまえ、すごく怖い顔してる」

眉《まゆ》をひそめられ、ごめん、と慌てて謝った。

「嘘だよ。学校はやめない」

さらけだした心を急いで回収した。佐田に嫌われたくない。理由はそれだけで充分だ。

「しばらく会わないって、どれくらい？」

佐田は考える顔をしたけれど、やっぱり答えない。答えが得られないことよりも、沈黙が長引くほうが致命的《ちめいてき》に思えて、仁居はまた急いで質問を回収しなければならなかった。

「いいよ。佐田さんの思うようで」

本当は電話やメールをしていいか聞きたかった。でも駄目だと言われるのが怖かったので聞かなかった。もうなにも言えなくなって、代わりに佐田をじっと見つめた。世界のすべてである恋人を見つめた。佐田が耐えかねたように顔を伏せる。

「……なんかもう、しんどい」

きつく絞られた布からしたたる水みたいなつぶやきだった。

「恭明のことが好きだった」

その言葉はすでに過去の形をしていて、薄いナイフみたいに心をさくりと切られた。

「まだ高校生なのにひとりぼっちで、俺が守ってやらなくちゃと思った。でもやってもやっても足りない、もっとほしいって顔される。おまえ、俺がくるとき、いっつも窓から道のほう見てるだろう。いつくるか、いつくるかってずっと待ってるんだろう。最初は嬉しかったけど」

「もう待たない。佐田さんが嫌なら」

「俺が嫌ならしないとか、俺がいいならするとかちがうだろう」

さくりさくりと、なんの抵抗もなく切れていく。

「……おまえの愛情は重い」

仁居のすべてを細かく切ってしまうと、佐田はうなだれ、部屋を出ていった。ごめんと言ったような気がしたけれど、ぼうっとしていたのでよく聞こえなかった。

仁居は身動きひとつできず、窓辺に腰かけ続けた。

佐田に対して、なにかをほしいと口に出したことはなかった。

髪をなでてほしい、キスをしてほしい、ずっとそばにいてほしい。

強く願っていたけれど、口にはしなかった。口にしたら止められなくなりそうで怖かった。

願うことも駄目なら、これから自分はどうやって人を好きになればいいだろう。

——たくさん愛して、愛されて、恭明はずっと幸せに生きていって。

母親はそう言い、仁居の前から去っていった。

——おまえの愛情は重い。

佐田はそう言い、仁居の前から去っていった。

ふたりの言葉はからまり合って、仁居を困らせた。たくさん愛したら重いから、愛しすぎないようにすればいいんだろうか。怖がられないように、少し離れて愛せばいいんだろうか。

愛してほしいなら、愛しすぎないようにしなければ——。

ひどい矛盾をどうすることもできないまま、不完全な答えだけが残った。

開け放された窓から吹き込む川風は夏のさわやかさを失い、佐田と初めてくちづけたとき力強く謳《うた》っていた蝉《せみ》もみんな死んでしまった。

午後は夕方に移っていき、あたりが暗くなって、人形みたいに身体のあちこちが固まってしまったころ、ようやく窓辺から下りることができた。ぱきぱきと関節を鳴らしながら歩いて、服のままベッドにもぐりこみ、怪我《けが》をした動物みたいに身体を丸めて目をつぶった。

仁居はコンビニエンスストアをやめ、学校でも佐田と顔を合わせないように気をつけた。佐田を失ったら死んでしまうと思っていたけれど、やっぱり死ななかった。

毎日学校にいき、ひとりの部屋に帰り、窓辺に腰かけて、たくさんの幸せが流れているらしい川を眺めた。好きな人と過ごした思い出の残る部屋は、以前よりもずっとさびしい場所になった。

仁居は東京の大学に進学が決まり、大嫌いな町を離れた。

川べり暮らし

RIVERSIDE LIFE

年末の街は人が多すぎて、さびしくなるから好きじゃない。

今夜は仁居《にい》が英語の非常勤講師として勤めている高校の忘年会だった。楽しげに二次会への流れを相談する輪から離れ、仁居は学年主任に小声で挨拶をした。

「じゃあ、僕はここで失礼させていただきます」

聞きつけた教師が何人かこちらを見た。

「仁居先生、帰られるんですか?」

「すみません。酒に弱いもので、ちょっと酔ってしまいました」

よいお年をとかけられる声に、来年もよろしくお願いしますと頭を下げ、仁居は駅へと歩き出した。こういうとき、すんなり解放してもらえる非常勤講師という身分はありがたい。ありがたいのはそれくらいだけど、なにもよくないよりはずっといい。

仁居は大学に進学して英語の教員免許を取ったが、正規職員にはなれず非常勤講師となった。教師があまっているという以上に、地元の採用試験を避けたことが原因だ。それでも、どうし

ても あの町には帰りたくなかった。

電車の中では、いつも勉強がてら英語のペーパーバックを読む。ネイティブではないので集中しないといけない。アルファベットを追っていると手元に影ができた。

「仁居先生」

名前を呼ばれ、えっと顔を上げた。

「お久しぶりです。俺のこと、覚えてますか？」

「……あ、はい」

もちろん覚えている。以前勤めていた高校の数学教師で――。

「国立《くにたち》先生」

正しくこぼれた名前に、国立は嬉しそうな笑顔を浮かべた。

「似た人がいるなあと思ったら、やっぱり仁居先生だった。お久しぶりです」

「ご無沙汰《ぶさた》してます」

「二年ぶりですね。今はどこの学校に？」

「一館高校です」

「ああ、男バスが強いところ」

うなずくと、国立が仁居の手元をのぞき込んだ。

「さすが英語の先生だ。原文で読むって恰好《かっこう》いいですね」

「逆だよ。いつも接してないと忘れるから」

「でも、いいなあ」

「え?」

「すごい官能小説でも、英語だとわからないじゃないですか」

「ち、ちがうよ。これは普通のミステリーだから」

慌てて表紙を見せる仁居に、冗談です、と国立は人懐《ひとなつ》こそうに笑った。

ああ、そういえば、こういう人だったと思い出した。清潔感のある整った顔立ちで、ちょっとした一言で生徒を笑わせることがうまかった。仁居よりひとつ下で、担任を持っていないのにいつも生徒に囲まれていた。

「仁居先生、この沿線なんですね」

「うん、K駅」

「俺と同じだ」

「そうなの?」

「先週、引っ越してきたばっかり。なかなか住みやすい町です」

「そうだね。駅周りはにぎやかで、少し歩くとほどよくのどかで」

高校生のころから考えると、ずいぶん人当たりはマシになったと思う。当たり障《さわ》りのない世間話で時間をやり過ごすうち、窓の向こうに見慣れた町の風景が混じりだす。

「引っ越しをしたのは、恋人と別れ話が出たからなんです」

いきなりだったので、思わず隣を見てしまった。

「気分転換に引っ越ししたんです」

「……あ、そ、そうなんだ」

「よかったら、一杯つきあってくれませんか」

仁居は返事に詰まった。世間話程度ならこなせても、それほど親しくない相手とふたりきりで酒を飲めるほどのコミュニケーションスキルはない。けれど理由を聞いてしまったあとでは、むげに断るのは申しわけない気がした。

「ノンアルコールでもいいかな。実は忘年会の帰りでもう飲んでるんだ」

「ああ、じゃあ疲れてる?」

「大丈夫、少しなら」

予防線を張ると、じゃあ本当に一杯だけと国立は言った。

「駅裏にいい感じのバーがあったと思うんだけど」

改札を抜けていく国立のうしろをついて歩きながら、大きい背中だなと思った。どこもかしこも薄っぺらい自分とは逆に、安心してついていけるような、教師向きの背中だと思った。

「仁居先生とはずっと話をしたかった。前にも意外な場所で会ったし」

バーで国立はウィスキーのロックを、仁居はジンジャーエールを頼んだ。グラスを合わせながら国立がさりげなく切り出し、ああ、やっぱり覚えていたかと仁居は身構えた。

以前、休日の繁華街《はんかがい》で国立と出くわしたことがある。ゲイの男性ばかりが集《つど》う店で、仁居はそのときつきあっていた男に連れられていった。自分の腰には恋人の手が回っていたし、国立は隣の男の腰を抱いていた。瞬時に、自分たちは同類なのだとわかった。

「あのときは驚きました。まさか仁居先生が……とは」

「それは俺も同じだよ」

当時は同じ高校に勤めていたが、担当教科もちがう、非常勤講師の仁居と正規職員の国立はほとんど接点がなかった。

バーで会った後日、一度だけ国立が話しかけてきたことがある。授業が終わって帰ろうとしたとき、職員用玄関で国立と出くわした。仁居先生と呼ばれてどきりとした。

――こないだはどうも。

緊張しながら、はい、とうなずいた。学校内、しかも同僚に知られてしまうというのは、教師同士という同じ立場であっても心臓に悪かった。

――もう帰るんですか?

問われ、はい、とまたうなずいた。なにを言われるんだろうと構えて待っていたが、なんともいえない沈黙のあと、国立はお疲れさまでしたとだけ言い去っていった。

――なんだったんだろう。

仁居は不安な気持ちで国立を見送った。それからは校内で顔を合わせるたび緊張したが、国立はもう話しかけてはこなかった。黙礼《もくれい》をかわして通りすぎるだけで、仁居は翌年の三月でその高校との契約を終え、国立とはそれきりになった。

「あのとき、本当はもっといろいろ話をしたかったんだけど」

国立は思い出すように言葉を切った。

「話しかけた瞬間、すうっと仁居先生の顔色が薄くなった。人があんなふうに青ざめるのを見たのは初めてで、すごく繊細《せんさい》な人なんだなって思ったらもうなにも言えなくなった」

「ご、ごめん」

「悪い意味じゃないから」

どう答えていいのかわからないので、場持たせにジンジャーエールを飲んだ。あのときの緊張を思い出してしまい、アルコールが入っていないことを悔やんだ。

「まあ、仁居先生は普段から独特の雰囲気だから話しかけるのに勇気がいるんだけど」

「え、俺、感じ悪かった?」

慌てて隣を見た。

「ああ、ちがう。逆。いい意味でひとりが似合ってるから」

国立は記憶をたどるように酒瓶《さかびん》が並ぶ棚に目をやった。

「普通だったら女子にきゃあきゃあ騒がれるくらいの見た目なのに、仁居先生の周りはすごく静かな空気が漂《ただよ》ってて、あんまり気軽に話しかけられる雰囲気じゃなかった」

仁居は目を伏せた。女子に騒がれるかどうかはともかく、少なくとも愛想《あいそ》がない顔なのは自覚しているので、できる範囲でにこやかさを心がけていた。けれどそれはあくまで『つもり』だったらしく、自分の未熟さを指摘されたようで耳が熱くなった。

「今日は思い切って話しかけてよかった」

国立はこちらを向いて、嬉しそうに目を細めた。

「あのときの彼氏さんとはまだ？」

「あ、いや、あのあとすぐ別れちゃって」

苦笑いの仁居に、国立がそうかあと頬杖で溜息をついた。

「国立くんは、あのときの人と？」

「うん。でもそれも風前《ふうぜん》の灯火《ともしび》ですね。ちょっといろいろ考えたいって言われて、まだふられてないけど、九割の確率で終わると思います。そういうのはたいがい修復できない」

「ケースによると思うけど」

「俺の場合は駄目です。こうなった原因は俺にあるし、向こうが別れたいと思ってるならしかたないと思う。相手が直してほしいと言ってることを俺は直せないから」

なにが原因なのかを国立は言わないし、仁居は聞かなかった。人にはいろいろな事情がある。国立の声にはあきらめと納得がにじんでいて、こうなってしまうともう駄目だろうなと仁居も思った。恋は曖昧《あいまい》にふわりと生まれるわりに、終わるときははっきり見える。

国立は本当に一杯だけでバーを出た。自分が誘ったからおごると言われたけれど、そういうのは苦手なので自分の分は自分で払った。

店を出て、途中まで同じ方向なのでふたり並んで歩いた。国立のマンションは川をはさんで向こうの町。仁居はこちら側の川沿いの町。歩いても五分程度の近さだった。

「急だったのに、ありがとうございました。すごく楽しかった」

「こちらこそ楽しかったよ」

「また今度、機会があったら」

「うん。そのときはまた」

じゃあよいお年を、と国立はほほえんだ。

軽く頭を下げ合い、踵《きびす》を返す。さらりとしたいい別れ際だった。

国立は背を向けて橋を渡っていく。普通に歩いているだけなのに、礼儀正しく見える背中を見送ってから、仁居は少し戻ったところにあるコンビニエンスストアへいった。

切らしていたパンと一緒に、ウオッカを二本かごに入れた。周りには酒が弱いで通しているけれど、飲みの席でも早目に帰れるので方便でそう言っているだけだ。

夜の川べりを歩いて、灰色のモルタル壁に冬枯れした蔦《つた》が這《は》っている古いアパートに帰った。玄関から入ってすぐの台所、居間と寝室だけの平凡な2DK。

シャワーを浴びて、パジャマの上から厚手のセーターを羽織《はお》ってマフラーを巻いた。冷凍庫からウオッカの瓶を取り出し、グラスと一緒に居間に戻る。

部屋のあかりを消して、窓辺に置いた椅子《いす》に立て膝《ひざ》で座った。グラスにウオッカを注《そそ》ぐ。冷凍庫に入れても強い酒は凍らない。わずかにとろりと粘度《ねんど》を帯《お》びるだけ。香りも温度もない強い酒を、暗い部屋から、同じように闇《やみ》にとけている川面を眺めながら飲んだ。

味はどうでもよくて、アルコールが生む感覚だけが好きだ。

十七歳でひとり暮らしをはじめたころ、さびしさをまぎらすように飲みはじめた。理由はないけれど、いつもなんとなく細い糸できりきりと巻かれているように感じていて、アルコールはそれをゆるめてくれる。酔うと寝てしまう。すとんと、落ちるように。それが楽だ。

開け放した窓から、十二月の氷のような川風が吹いて前髪を揺《ゆ》らす。

外側を冷やされながら、度数の高いアルコールが内側で熱を育てていく。

自分がほどけていく感覚にほっとする。ずっとこんな感じならいいのになと、ぼんやりと風景に視線を投げた。河川敷《かせんしき》の向こう、外灯の光は届かず川面は見えない。けれどそこで流れている。けっしてとどまらず、なにも残さずに流れていくだけの川がある。

以前、住んでいた部屋も川べりだった。その前も。その前も。ずっとひとりで、もう十年も川べりで暮らしている。仁居の幸せをすべて流していった故郷の川を思い出す。大嫌いな町だった。なのに、なぜ川べりの部屋ばかりを選んでしまうのだろう。

部屋には最低限の小さな家具だけで、高校時代とほとんど変わらない。

手放すときのことを考えると、物を持つことが怖くなる。

それと同じ理由で友人は少ない。恋人も今はいない。

なにかと、誰かと、濃密な関係を築《きず》くことが怖いのだ。

じりじりと後ずさるように世界から遠ざかっていく感覚。大きな喜びはない。代わりに大きな悲しみもない。持つことによって、失ったり傷ついたりすることがない。平穏な暮らし。

波の立たない小さな入江みたいな、この古い部屋だけが安心できる。他人は入れたくない。

誰かの気配《けはい》は混ぜたくない。その誰かが帰ってしまったら、きっとさびしいと思ってしまう。

ひとりだって同じようにさびしいけれど、同じさびしさなら、失う不安のないひとりの安堵《あんど》のほうがいい。

三杯目の途中で、立てた膝を抱き込むように顔を伏せた。

身体が熱くて、使い古された布みたいにくたりと重だるい。

余計なことはなにも考えられなくなって、一日の中でこの時間だけいろいろなことから自由になれる。仁居は窓辺にグラスを置いて立ち上がり、セーターとマフラーを椅子の背にかけ、静かにベッドにもぐりこんだ。

パソコンを開くと、副業にしている学習塾から仕事依頼のメールがきていた。年内の仕事は終わらせたはずなのに変だなと思っていると携帯が鳴った。メールの相手からだ。

『もしもし、光進塾の宮部《みやべ》です』

『はい、お世話になってます』

『年末に悪い、年明け五日〆切で頼む！』

いきなり宮部の言葉がくだけた。宮部は大学時代の友人で、今は学習塾の講師をしている。

仁居は一年契約の非常勤講師で、給料は一授業単位のコマ割りだ。それだけでは生活できないので、宮部の紹介で塾の問題作りや添削《てんさく》のアルバイトをしている。正規職員とちがって、非常勤講師は副業を許されているから助かる。

『ちょっと待って。確認する』

ファイルを開くと、高校生の小論文の添削だった。元々頼んでいた大学生のアルバイトと連絡がつかなくなったようで、折《おり》悪く年末年始で他のアルバイトもつかまらない。

『うん、なんとかなると思うよ。五日〆切だな』

『ありがとう。本当に悪い』

『いいよ。年末年始の予定もないし』

今年だけではなく、毎年ないのだけれど――。

『おまえが暇人《ひまじん》で助かったよ』

『引き受けたのに、ひどい言われようだ』

悪い悪いと宮部が笑う。

『ところで話変わるけど、うちで講師の欠員が出てるんだけど、仁居、どうだ。前に臨時でやってくれたとき評判よかったし、所長に聞いといてくれって頼まれたんだ』

『ありがとう。来季どこからも呼ばれなかったら拾ってくれ』

『前もそんなこと言ってたじゃないか』

『うん、まあ、でも学校から呼ばれてるうちは踏ん切りつかなくて』

『まあなあ。非常勤は一回断るともう呼ばれなくなるからなあ。でもどこかで区切ることも大事だぞ。正直、非常勤の給料じゃ生活安定しないだろう。結婚も二の足踏みそうだし』

確かに生活は不安定だ。けれど幼いころから安定していたこともないので、こんなものだろうと思っている。女性との結婚もないので、自分ひとりがほどほどに生活できればそれでいいという気持ちがある。ひとりはさびしいが、ひとりは気楽だ。

『無理聞いてもらってる分際で偉そうに悪い』

『いや、気にかけてくれてありがとう』

よいお年をと言い合って電話を切り、ファイルを流し見した。

高校生の論文ではテーマは二の次だ。それよりも主張の明確さが重視されるが、思考を突き詰める訓練がまだできていないので、途中で論旨《ろんし》が迷走することが多い。部分ではなく全体の修正なので論文添削は面倒な仕事だ。

一方で、年末年始の間にやることができた安堵があった。ひとりは自由で気楽だけれど、長い休みはたまにそれを持て余す。頬杖で画面を眺め、パソコンを閉じて立ち上がった。

商店街へいくと、年末なので家族連れが多かった。満ち足りた笑顔をうとんでいるわけではないのに、ありすぎると息苦しく感じてしまう。年末の年越しそばと、おせちのミニパックをかごに入れる。餅《もち》ときな粉《こ》の棚の前で悩んでいると、隣に背の高い男が立った。

「わかるなあ、ここで迷う気持ち」

びくりと見上げると、国立が難しい顔で棚をにらんでいた。

「餅って結構あまるんですよね。雑煮《ぞうに》だけだと飽きるから、きな粉を買おうかどうか迷う。でもきな粉餅以外にきな粉の用途が思いつかなくて購入を迷う。こんな感じで合ってます？」

まったくその通りだったので、仁居はこくこくとうなずいた。

「正月の買い物ですか？」

「うん。国立先生も？」

「俺は今夜の夕飯。年末年始は妹んちにいくんで」

「へえ、妹さん」

——実家ではなく？

「仁居先生は正月は？」

「普通にアパートで過ごすよ。急な仕事も入ったし」

「学校行事？」

「学習塾の添削のアルバイト」

「いろいろやってるんですね」

「非常勤だけじゃやっていけないしね」

「うーん、まあ、それは」

国立はしょっぱい顔をした。

「けど年末年始も仕事だと彼氏がつらいですね」

「そういう人はいないから」

「そうなんですか？」

「そうなんです」

ごまかし笑いをしながら、コーヒー豆をかごに入れた。

「どれくらいフリー？」

「前に国立くんに見られた人が最後かな」

「二年前じゃないですか」

「そうなるね」

国立はぽかんとしたあと、

「のんびりしすぎじゃないですか？」

と真剣に聞いてくるので笑ってしまった。

「前に見た人は優しそうな感じでしたね」

「うん、いい人だったよ。俺にはもったいないくらい」

そう言うと、国立は眉を八の字に下げた。

「それ、すごく切ない振り文句ですね。俺が言われたら引きずりそう」

「俺がふられたんだよ？」

「え、仁居先生をふる男がいるの？」

お互いまばたきをした。

「俺はふられてばっかりだよ」

「贅沢《ぜいたく》な男がいるもんだ」

ありがとうと、仁居は自嘲気味《じちょうぎみ》に笑った。佐田《さだ》をふくめてつき合ったのは三人で、すべて向こうから別れを切り出された。大学時代にひとり、社会人になってからひとり、ごく常識的な人たちだった。

――たくさん愛して、愛されて、恭明《やすあき》はずっと幸せに生きていって。

誰かを好きになるたび、母親の言葉を思い出す。

――おまえの愛情は重い。

少し遅れて佐田の言葉が追いかけてきて、いつもそこで我に返る。

佐田の言葉は、走りだそうとする仁居の足に巻きついて動けなくする。愛してほしいなら求めすぎないよう、近づきすぎないよう、愛しすぎないようにしなければいけない。

いつも一定の距離を置く仁居に、恋人たちの心は離れていった。

――おまえは俺のことなんか好きじゃないんだろう。

大学時代の恋人はそう言って去っていった。

――きみは自分以外を愛せない人なんだ。

社会人になってからの恋人にそう言われたとき、妙なあきらめが胸に広がった。

押せば相手を怯えさせてしまう。引けば相手は離れていく。自分はちょうどいい量で人を愛するということができないらしい。愛することにも才能は必要なのだと知った。

「合わない相手だったんだろうね」

国立が言い、仁居は首を横に振った。

「俺が悪かったんだよ」

「恋愛で、どっちか一方だけが悪いなんてないと思うけど」

「だったらいいんだけど」

「じゃあ、正月は仕事三昧《ざんまい》？」

「一日くらい映画にいこうと思ってる」

「へえ、なに？」

「マイナーなやつだよ。人が出てこない映画」

「動物もの？」

「ううん、カメラのレンズが登場人物の目になってて、人はいるんだけど画面に映らないんだ。マイナーだけど俺は好きで、リバイバルかかるたびに観にいってる」

「よくわからないけどおもしろそう。俺も観たいな」

「え？」

「一緒にいっていい？」

「ハリウッド系じゃないよ。爆発もしないし」

国立はなんともいえない顔をした。

「仁居先生が俺をどういう目で見ているか、なんとなくわかった気がする」

「あ、ごめん。そういう意味じゃなくて」

「そこで謝られると、俺にもハリウッドにもさらに失礼なんだけど」

まったくもってその通りだった。焦りまくる仁居に、「冗談だよと国立は笑った。

「爆発しなくてもいいから、一緒にいってもいい？」

「あ、うん、俺でよかったら」

それほど親しくない人と、休日にふたりきりで出かけるのは億劫《おっくう》だった。けれど国立の笑顔はひどく感じがいい。この人にはたくさんの友人がいるんだろうなと思うような——。

映画の話をしながら、なんとなくふたりで売り場を回る。これおいしいよと国立がポテトチップスを指さす。ハワイで人気だと言う。ハワイにいったのと聞いたら、ううんと首を横に振る。子供みたいな素直さが好ましく、仁居は鮮《あざ》やかな青い袋の菓子《かし》をかごに入れた。

「仁居先生、電話番号教えてくれる?」

帰り道、橋の手前で国立が聞いてきた。仁居が告げた番号を自分の携帯に打ち込むと、仁居にメッセージを送ってきた。

「それ、俺のアドレス。あとで仁居さんのも教えて」

「うん、わかった」

「じゃあ年明けの四日、三時に駅で」

「はい、よいお年を」

十二月の透明な空気の下、手を振り合って別れた。

家族連れであふれる年末のスーパーは好きじゃない。帰り道も妙に物悲しい気分になる。けれど、なぜか今年はそんなことはなかった。スーパーの袋には、自分では買わないハワイの菓子が入っている。国立によく似合う、鮮やかな青色のパッケージ。

大晦日《おおみそか》は夕飯に年越しそばを食べ、そのあと論文の添削をした。シャワーを浴びてからセーターとマフラーで防寒をして、窓辺の椅子に座ってウオッカを二杯飲んでから眠った。

眠っている間に新しい年はきて、正月の朝は雑煮《ぞうに》を作って食べた。また添削の続きをして、疲れたら川を眺め、夜は窓辺で本を読んだり酒を飲んだりして過ごす。いつも通り、なにも特別なことはしない。十七歳のときから、もう何年もこうしている。

『もしもし、恭明？　あけましておめでとう』

静かな三日間を過ごした四日の朝、叔母から電話があった。

『元気でやっとる。あんた、去年のお墓参りも声かけてくれんでえ』

『ご無沙汰しててすみません』

『他人行儀《たにんぎょうぎ》な言い方せんでえ。声が聞けて安心したわ』

地元の訛《なま》りに、うとましさと懐かしさが生まれる。地元に帰るのは両親の墓参りだけで、そのときも叔母の家ではなくホテルに泊まる。それ以外は盆《ぼん》も正月も東京でひとりで過ごす。

孤独で自由な暮らしの中、叔母だけがたまに電話をくれる。

仁居が叔母の家を出されるきっかけになったみちるは、二年前に結婚して一児の母になった。何度目かの墓参りのとき、あのときはごめんなさいと謝られた。いいよとも、許さないとも言えないまま黙っている仁居に、みちるは悲しそうな目を向けた。

――あのころ、わたし、本当に恭明くんが好きだった。

恋愛映画のヒロインみたいに空を見上げているみちるが、なんだか羨《うらや》ましくなった。ごめんなさいと謝りながら、過去の恋愛のセンチメンタリズムに浸れる強さ。他人の痛みなど知ったこっちゃなく、記憶に甘ったるいフィルターをかけて都合よく編集できる能力。

みちるの結婚式でもらった引き出物はゴミに出した。あのとき、わずかに胸が痛んだ自分がうとましかった。捨てると決めたなら、髪の毛一筋残さず捨てられる人に憧れる。

『身体だけは大事にして。なにかあったら連絡するのよ』

『ありがとう。叔母さんも身体に気をつけて』

定型文みたいな挨拶をかわして電話を切った。テーブルに携帯を置いて、しばらく耐えていたけれど駄目で、仁居は立膝を抱いて顔を伏せた。

叔母からの電話は苦手だ。根が優しい人だと知っているから恨《うら》めない。血のつながりが懐かしさを呼ぶ。懐かしさはさびしさを連れてくる。

午後になって家を出た。駅にはもう国立がきていて、ショート丈《たけ》のPコートが若々《わかわか》しく、仁居を見て嬉しそうに手を振る様子は大学生のように見えた。

「あけましておめでとうございます。今年もよろしくお願いします」

律儀《りちぎ》に挨拶する国立の鼻の頭はわずかに赤く、朝から沈んでいた気持ちが浮上した。

都心に出る電車の中で、年末年始の報告をしあった。国立は三が日を八王子の妹のマンションで過ごした。正月だけでなく、五月の連休や夏のお盆も兄妹《きょうだい》で過ごすという。

二十六歳の兄と二十四歳の妹が、毎年長い休みをふたりで過ごす。仲がいいに越したことはないけれど、お互い恋人と過ごしたりしないんだろうか。

「うちは親とは折り合いが悪いから」

国立はさりげなくつけ加えた。

「ああ、うちもだよ」

仁居もさりげなく答えた。

「どこの家もいろいろあるね」

国立は風景に向かって小さく笑い、その話はそれで終わった。

午後の電車の窓からは、明るい青鈍色《あおにびいろ》の都心の風景が見える。たまにカーブで身体を揺らされながら、同じ方向を向いてたわいない話をした。

映画はよかった。人がいるのに人の姿が映らない。人物の目がカメラになっているので、見ている自分が物語を展開しているような気にさせられる。見るのは三度目だけれど、美しすぎる悪夢のような世界に呑《の》み込まれて、薄暗い迷宮に知らず知らず落ちていく。

映画のあと、近くの喫茶店に入った。明快なものを好みそうな印象を裏切って、国立の感想は共感するところが多く、話下手な仁居にしては会話が途切れずに続く。

「でも、あの手がからむシーンだけはいつもどきっとする」

モノクロの画面の中で、男女の手だけが延々《えんえん》とからみあうシーンを仁居は思い出した。過激な濡れ場よりもよほど官能的で、生々しさに背筋がひやりとする。

「ああ、あれ」

国立はうなずいた。なにか言うのかと思ったが、国立は伏し目がちにコーヒーカップに口をつける。一口飲んで下ろす。そのままなにも言わず、ふいに顔を上げた。

「お腹空《なかす》かない？」

「え？」

「時間大丈夫だったら、夕飯いこうか」

ぷつりと会話が途切れたような、妙な唐突さを感じた。


夕飯は地元の居酒屋で食べた。刺身《さしみ》がおいしい店で、滅多《めった》に飲まない日本酒を飲み、珍《めずら》しく酔ってしまった。店を出たとき階段でふらついて、国立が手を貸してくれた。

「仁居先生、結構飲んだね」

「ごめん、いつもこんな風にならないんだけど楽しくて」

「だったら許すよ」

「うん？」

「酒はあんまり飲めないって嘘ついてたこと」

あっと自分の迂闊《うかつ》に気がついた。

「ご、ごめん。悪気があったんじゃなくて」

「防衛策だろう。仁居先生、人づきあい苦手そうだし」

自分の子供っぽさを見透《みす》かされ、アルコールのせいではなく耳が熱くなっていく。

「今夜の月は冷たそうだな」

川べりを歩きながら、国立が夜空を見上げた。輪郭《りんかく》がぼうっとかすんだレモンシャーベットみたいな月が浮かんでいる。ふれたらしゃりしゃりと音がしそうだ。寒い、と肩をすぼめてコートの襟を立てる国立の横を歩きながら、仁居も同じ仕草をした。国立がこちらを見る。

「シンクロ」

「え？」

「仁居先生、今、俺と同じことした」

小さく笑われ、なんだか恥ずかしくなってうつむいた。

口下手な仁居は、人といるときは意識してよく話すようにする。気を張っているので、別れたあとは疲れていることが多い。なのに国立とは沈黙が気づまりじゃない。誰かとこんなに長く話すのは久しぶりなのに――ふいに国立が立ちどまった。

「どうしたの」

「しーっ、なにか聞こえる」

国立は人差し指を口元で立て、あたりを見回した。つられて耳を澄《す》ますと、にぃ…と細い鳴き声が聞こえた。なんだろう。川べりの桜の木から聞こえる。そうっと近づくと、引っ越し会社のネームが入ったダンボール箱の中に、タオルでくるまれた白い子猫を見つけた。

「うわ、ちっさ……」

汚れたタオルの中で、信じられないほど小さな生き物が弱々《よわよわ》しく鳴いている。

「この子だけ？　他には？」

タオルをめくってみたが他にはいない。

「国立先生、この子、目が……」

「うん、このせいで捨てられたのかな」

子猫の目は片方が膿《うみ》のようなものでぐちゃぐちゃにつぶれていた。子猫は国立の手にちょこんと乗るくらいの小さな身体を縮めて、ぶるぶる震えている。国立と仁居は顔を見合わせた。

「このままだと凍死するよ」

「とりあえず家に連れて帰ろう。ここからだと仁居先生のほうが近い」

「……あ、うちは」

仁居は返事をためらった。猫はともかく、この流れだと国立もくる。家に他人を入れたくないけれど、そんなことは言えない状況だ。うなずこうとする前に国立が言った。

「やっぱり俺の家にいこう。仁居先生はどうする？」

「どうするって？」

「俺がひとりで連れて帰ってもいいけど、こられる？　大丈夫？」

なにが大丈夫なのか、意味がわからないまま仁居はうなずいた。

国立の部屋は築浅《ちくあさ》の明るい２ＤＫだった。男のひとり暮らしらしく適当に散らかっていて、本棚には教材と教育関係の本が多かった。国立がすぐにエアコンとヒーターをつける。新しい清潔なタオルに子猫をつつみ、熱すぎないようにヒーターから少し離した場所に置いた。

「仁居先生、次はどうすればいいの？」

「み、水とご飯？」

答えたものの、はなはだ自信がない。

「ほら、飲め」

国立が小皿に入れた水を子猫の口元に近づける。しかし子猫は反応しない。じゃあご飯をと、途中のコンビニで買った猫缶を皿に移し、ふたたび子猫の口元に近づける。子猫は鼻をひくひくさせただけで、タオルに包まれてくったりと目を閉じている。

「水も飲まない、ご飯も食べない。食べたくないんだったらいいけど、食べられないんだったらどうしよう。目が致命傷になってるとか。震えはマシになったけど……死なないよな」

国立が心配そうに子猫を見つめている。

「国立先生、この子、大きさからいってまだ生まれて一ヶ月くらいだよ。子供っていうより赤ちゃんだ。だからご飯は固形物じゃなくて、ミルクを哺乳器《ほにゅうき》であげるみたいだよ」

「哺乳器？」

国立がぎょっとした。

「そんなのないよ」

国立はおろおろとあたりを見回す。

「落ち着いて。独身の若い男の家に哺乳器があるほうがおかしいから」

そう言うと、国立はほっとしたようにうなずいた。

「仁居先生、よく知ってるね。猫、詳しいの？」

期待に満ちた目で見つめられたので、

「これで調べた」

と携帯を出した。検索画面には『子猫の育て方』と出ている。

「ああ、そっか。えーっと、いるものは子猫用ミルク、哺乳器、湯たんぽ。授乳《じゅにゅう》は四時間おきに一日に五回くらい。自力排泄《はいせつ》ができないので優しくお尻《しり》をマッサージしてウンチを……」

そこで国立は読むのをやめて仁居を見た。

「仁居先生、どうしよう」

「え、わからない」

ふたりで途方に暮れて赤ちゃん猫を見つめた。これは大変なことになった。

「とりあえず目だ。明日病院に連れていって、治療して、必要なものも買って」

「国立先生、俺もいくよ。ふたりで拾ったんだから。それと飼い主も見つけないと」

「うん、明日病院に行ったら先生に相談してみよう」

国立がこちらを見る。子猫をはさんで近い位置で目が合う。

どきりとして目を伏せると、あ、ごめん、と国立が急いでうしろに下がった。

「え、なに。どうしたの？」

「あ、いや、怖がらせないように」

「怖がらせる？」

お互いまばたきをする。

話を聞いてみると、単純な誤解だった。さっき仁居の家にいこうと言ったとき、仁居がためらったのは、部屋で自分とふたりきりになるのを避けたいのかもしれないと国立は思った。だからここにくるとき「大丈夫？」と聞いたのだ。

「ゲイ同士だし、怖がらせたら悪いなと思って」

そう言う国立に、仁居は戸惑った。

「二十七の男相手に、怖がらせるもなにもないと思うんだけど」

「でも仁居先生は繊細そうだし」

国立は気遣うように仁居を見る。からかいの成分はなく、一体どんなイメージをもたれているのか、恥ずかしいを通り越して情けなくなってきた。

「誤解させるような態度を取ってごめん。でも本当にそういうのじゃないんだ。ただ少し……部屋に人を入れるのが苦手なんだ。国立先生だからってわけじゃなくて誰にでもそうで」

うつむいた頬あたりに視線を感じて、じりりと耳の縁《ふち》が焦《こ》げていく。いい年をして、なにを子供みたいなことを言っているんだろう。自分でそう思うのだから、他人はもっと思うだろう。言い訳をしたい。でもどう言えばいいかわからない。焦っていると国立が言った
「わかるよ。他人の気配が混ざると家は安全圏じゃなくなる」

仁居はまばたきをした。端的《たんてき》にまとめるなら、まさしくそんな感じだからだ。

「俺も、そういう人を知ってるよ」

つぶやく国立の頬には似合わない翳《かげ》りが差している。

「恋人……とか？」

普段なら踏み込まないところに踏み込んでしまい、自分で自分に戸惑った。

国立はゆっくりと視線を本棚に移動させ、妹、と短く答えた。

「ああ、そうなんだ」

なんとなくほっとして目を伏せたとき、にぃ…と子猫がつぶやくように鳴いた。ふたりしてびくりとして、タオルにくるまれている子猫をのぞき込んだ。

「おい、ちっこいの、どっか苦しいのか？」

国立が小さく語りかける。子猫は目を閉じたまま、にぃ…とふたたび鳴く。

「寝言じゃないかな」

「そっか。ちっこいから鳴いただけでもびくっとするよ」

国立が心配そうに、子猫をくるむタオルにそっとふれる。子猫はあたたかな空気の中で目を閉じている。もう震えていない。呼吸のたびに小さく身体が上下している。

「明日、朝のうちに病院いこうと思うんだけど。仁居先生どう？」

「うん、大丈夫。確か駅の西口に動物病院があった」

「じゃあ、九時に西口で待ってるよ」

明日の約束をかわすとき、ほのかに胸の水位が上がった。


つぶれていた子猫の目は、大量の目やにでふさがれているだけだった。獣医の手で丁寧《ていねい》に目やにを取り除かれると、下にはちゃんと美しいキトンブルーの目があった。成長するにつれ、本来の目の色になるよと言われて驚いた。猫は目の色が変わるなんて知らなかった。

「間に合ってよかったよ。もう少しで結膜《けつまく》が癒着《ゆちゃく》するところだったから」

獣医は言い、それにしてもねえと眉根をひそめた。

「まったく、なんでもかんでもポイポイ捨てちゃって。この子を捨てた人は、きっとこれからも自分の都合で色んなものを捨てていくよ。物でも、友達でも、恋人でも」

最後は自分が捨てられるってオチなら最高だと、獣医は笑顔で辛辣《しんらつ》なことを言った。

ふたりで国立のマンションに帰り、子猫を暖房のついた部屋に置いて、また駅ビルのペットショップに向かった。キャリーケースや必要なものを買いそろえ、また国立のマンションに戻る。一番に子猫の様子を確認したが、箱の中にいない。

「え、どこいった?」

慌てて探し回ろうとする国立を押しとどめ、仁居がそうっとタオルをめくると、やはり子猫は下にもぐりこんでいただけだった。国立が安堵の息を吐く。

「国立先生、かなり心配性だね」

小さく笑うと、国立はふっと表情を曇《くも》らせた。

「駄目なんだよ。小さい生き物が理不尽な目に遭うのは」

怒りすら滲《にじ》んだ表情に驚いていると、国立はすぐに表情をほどいた。

「おまえを捨てたやつは見る目がないなあ。今でもこんなにかわいいし将来はすごい美人、じゃなくてハンサムになりそうなのになあ。女の子にモテモテだぞー」

国立が小さな頭を指先でなでると、子猫はびくりと目を覚ました。ぽかんとしたあと、にぃ……とつぶやくように鳴き、よろよろと立ち上がると、今度は激しく鳴きだした。

「な、なんだ、あれっぽっちで痛かったのか?」

「お腹空いてるんじゃないかな」

「ああ、じゃあご飯作ろう」

ふたりして台所へ走り、初めてのミルク作りに挑んだ。大丈夫、説明書の通りにやればいいだけだ。哺乳器に粉ミルクを入れ、湯を注ぎ、よく振ってとかす。ただそれだけのこと。しかし慣れないことにふたりで大騒ぎすることになった。

「仁居先生、すりきりってこれでいいんだよね」

「だと思う」

しかし国立は哺乳器に入れるときにこぼしてしまってやり直しになった。

「国立先生、お湯はこのラインでいいんだよね」

しかし小さな口に注ぐのに失敗し、哺乳器を支えていた国立を火傷《やけど》させてしまった。ごめんと謝る仁居に、平気平気と国立が手を冷やすために水栓レバーを倒す。しかし勢いよく倒しすぎ、手の甲にはねた水が噴水みたいに飛び散ってびしょびしょになった。

「あとはよく振って、うん、こんなもんか。よし、できた」

居間に走ろうとする国立を押しとどめた。

「国立先生、熱いから冷まさないと」

ああ、そうかと流水で冷やす間も居間から、にぃ…にぃ…と鳴き声が聞こえていて、もたもたしている間に息絶えてしまうんじゃないかと、ふたりしてシンクの前で足踏みをした。

人肌まで冷ました哺乳器を手に居間に戻り、さて飲ませようと意気込んだが、はて、どうやって飲ませるのだろうか。哺乳器を近づけたが、子猫は怯えて逃げようとする。

「仁居先生、つかまえて」

「え、無理だよ。怖い」

首を横に振ると、国立が意を決したように子猫に手を伸ばした。おっかなびっくりの手つきで身体を固定し、怯えて叫ぶように鳴いている子猫の口に哺乳器をやや強引に入れた。そのまま固唾《かたず》を飲んで見守っていると、んくっ、と子猫が喉を鳴らしてミルクを飲んだ。

「飲んだ……っ」

国立と目を見合わせた。ご飯だと認識してからは、子猫は今度は必死な様子で哺乳器を吸いはじめた。飲み終えても、まだ名残惜《なごりお》しそうに吸っている。

「おかわり作る？」

「一回でそんなにあげていいのかな？」

またもやふたりで首をかしげ合った。

とにかくお腹が空いているのはかわいそうという結論に達し、仁居がおかわりを作り、国立がそれを子猫の口にふくませた。子猫は快調に飲み出し、よしよし、これが正解だとふたりで自信をつけた矢先、けぽっという音と共に子猫がミルクを吐いて大惨事《だいさんじ》となった。

「……子育てって」

散乱《さんらん》したティッシュの輪の中心で、国立は肩を落としている。

「国立先生、ここも」

吐き戻しで汚れたシャツをティッシュで拭《ぬぐ》うと、なんとも言えない目を向けられた。

「仁居先生は意外と頼りにならないですよね」

「え？」

「つかまえてって頼んだのに、無理、怖いって逃げるし」

仁居は顔を赤くした。

「ご、ごめんなさい」

頭を下げると、冗談だよと国立は笑った。けれど今回は本気も何割かまじっていたんじゃないだろうか。きまりの悪い思いをしていると、にぃ……とまた子猫が鳴き、ふたりでびくっと子猫に注目した。箱の中で、子猫はもぞもぞとおかしな動きをしている。

「ウンチじゃないかな」

国立が仁居を見る。今度は逃げられそうになく、はい……と仁居はうなずいた。

湿らせたガーゼで子猫のお尻をマッサージするが、激しく抵抗されたので、今度は指にベビーオイルを塗って軽くとんとんと刺激した。こちらのほうがよかったようで、子猫がくしゃっと難しい顔をした次の瞬間、指先にやわらかなものを感じた。

「うわ、で、出た、どうしよう」

「仁居先生、タオルの上に、あ、ちがう、ティッシュ、ティッシュ」

しかし間に合わず、仁居はすべてのウンチを指で受け止めることになった。

「……子育てって」

今度は仁居が肩を落とし、国立がぽんぽんと共感するように背中を叩《たた》いてくれた。ご飯と排泄を終わらせ、カイロでほかほかのタオルに包まれ子猫はようやく満足そうに寝てくれた。

「これが一日五回」

「大変すぎる」

「けどしかたないね」

「うん、生き物を拾うってこういうことだし」

国立が淹《い》れてくれたコーヒーで一息つきながら、これからの相談をした。とりあえず飼い主が見つかるまでは国立が飼い、仕事がはじまったら学校に連れていって面倒を見ると言った。

「そんなことしていいの？」

「前に病気のハムスター連れてきてた先生がいたし、事情さえちゃんと話せば」

「ごめんね」

「どうして謝るの？」

「いや、俺、なにもできなくて」

非常勤ではなかなかそういう無理を学校には言えない。

「なに言ってんの。昨日から病院も買い物も世話も全部一緒にやってくれてるじゃないか」

そのあと、あ、と国立がなにか思い出したような顔をした。

「仁居先生のほうこそ大丈夫なの。学習塾の仕事」

「あ、うん、明日〆切」

国立がぎょっとする。

「間に合うの?」

「大丈夫だよ」

「その言い方はきつそうだ」

言い当てられ、仁居は苦笑いを浮かべた。

「俺も手伝うよ。論文添削だろう?」

「そんな、いいよ」

「遠慮しないで。バイト代半分寄こせなんて言わないからさ」

冗談ぽく国立が笑い、仁居もふっと笑った。

「ありがとう。でも守秘義務もあるし」

「あ、そうか」

「気持ちだけもらっとく。ありがとう」

仁居はコーヒーカップを置き、じゃあそろそろと腰を上げた。

「仁居先生、今日はありがとう。なにかあったらまた連絡する」

「俺は明日も手伝いにくるつもりだけど。あ、国立くんが迷惑でなかったらだけど」

慌てて言い添えると、全然迷惑じゃないよと国立は言った。

「毎日きてほしいくらい」

素直すぎる言葉に、一瞬どきりとした。

「でも、とりあえず今夜は仕事がんばって」

「うん、ありがとう」

仁居は子猫にもおやすみと言って国立の部屋をあとにした。

帰り道、コートの上からぐるぐるに巻いたマフラーに顎《あご》をうずめながら歩いた。なんだか落ち着かない感じで、ポケットの中でぎゅっと硬く手をにぎりしめる。

——毎日きてほしいくらい。

——毎日きてほしいくらい。

冷たい夜風にひりひりする耳奥で、同じ言葉が何度もリフレインしている。

その夜は徹夜の覚悟でパソコンに向かった。二時をすぎたあたりで強烈な眠気に襲われ、窓を全開にした。凍りそうな川風で目を覚ましていると携帯が震えてメールを知らせた。

《はかどってますか？　こちらもただいま子育て中です。》

国立からのメールには写真が添付してあって、前足で哺乳器を抱くようにしてミルクを飲んでいる子猫の写真に思わず笑みがこぼれた。

返信しようとしたが、仁居には気安くメールをかわすような友人はいない。文章をあれこれ考えて、何度か書き直し、そのわりに少しのおもしろ味もない返事になった。

《おつかれさまです。仕事なんとか間に合いそうです。写真かわいいですね。ありがとう。》

送信ボタンを押してから、窓辺に腰かけて黒に近い濃紺の夜空を見た。

見えるはずがない電波の行方を目で追ってみる。

あの橋を渡ったところに国立が住んでいて、今ごろ、自分が送ったメールを読んでいる。想像すると甘苦しいものが押し寄せてきて、さえぎるように静かに窓を閉めた。


二月に入り、獣医の指示に従って子猫にワクチンを打った。ワクチンは一度ではすまず、時期をずらして何度か打つ。同時に飼い主も募集しているけれど、なかなか見つからない。

「ニーニ、心配しなくていいぞ。ちゃんといい飼い主見つけてやるからな」

すっかり慣れた様子でテーブルの上を歩いている子猫を国立がつつく。ニーニというのは子猫の名前で、一緒に暮らすのに名無しでは不便だからと仮で国立がつけた。

鳴き声から取ったのはいいとしても、最初、国立がニーニと呼ぶたび、前半の『ニー』のところでつい仁居も振り向いてしまい、国立がおもしろがって何度も呼ぶので困った。

「国立先生、できた。こんな感じでいい？」

仁居はニーニのための食事皿を床に置いた。

「ニーニ、今日からご飯が変わるぞ。食べられるかな」

哺乳器からの授乳の次は、皿から直接ミルクを飲ませる。それも終わり、今日からはミルクに猫缶を混ぜたものをやってもいいと獣医から言われた。国立がニーニに話しかける。

「ほら、ニーニ、おいしいぞ。多分」

「多分って」

「だって猫缶食べたことないし」

「それはそうだけど」

話していると、ニーニが皿に近づいてくんくんと匂いをかいだ。いつもとちがうので戸惑っている。ふたりで見守っていると、おそるおそる一口食べた。また一口。また一口。雨垂《あまだ》れのように口をつけ、そのうちリズミカルに食べるようになった。やったと国立と目配せをした。

「かわいいなあ。ニーニ見てると一日の疲れが吹っ飛ぶよ」

国立がニーニに向かって目を細める。

「早く飼い主見つかってほしいけど、別れるとき俺泣くかもしれないなあ。必ず幸せになるんだぞとか、駄目だと思ったら我慢せず戻ってこいよとか」

「国立先生、娘を嫁に出すお父さんみたい」

「男だから お婿《むこ》さんだよなー」

国立がでれでれとニーニに笑いかける。

「けど、これだけひとつ屋根の下に暮らしたら情も湧くよ」

「まあ、それはそうだね」

仁居もうなずき、同じように愛しい視線をニーニに注いだ。

動物病院やSNSを使ってニーニの飼い主を募集しているけれど、このままだと自分たちで飼うことも考えなくてはいけない。管理会社に聞いてみると、国立のほうはペット飼育は許可できないの一点張りだったが、築年数の古い仁居のほうは検討するという答えをもらえた。

本音を言うと、仁居は生き物は飼いたくない。

一緒に暮らせば嫌でも情が湧く。けれど自分の部屋に自分以外の気配がまじるのは怖い。それを失ったあと、失ってしまったのだなと思い知らされながら暮らしたくない。

実家も身内もいない仁居にとって、日々暮らす部屋だけが唯一の居場所だ。そこだけは他人によって左右されるものであってほしくない。

「じゃ、俺らも飯を食いますか」

ニーニの食事が終わるのを待って、国立が腰を上げた。

「カレー食べよう。昨日作ったんだ」

「やっぱり。家にきたときから匂いがしてた」

「仁居さんが家にきてくれると心置きなくカレーが作れるからいいな。鍋やおでんも」

「食べ物要員かあ」

「それだけじゃないよ。仁居さんとは一緒にいて楽しい」

国立は鍋に火をつけ、仁居は戸棚から皿を出しながら騒ぐ胸に気づかないふりをした。

ニーニをきっかけに、国立とは頻繁《ひんぱん》に会うようになった。人馴れしない仁居がこれほど急速に親しくなるのは珍しい。恋のはじまりに似ている。けれどそうとは認めたくない。

「国立先生、サラダは作る？」

「野菜なにかあったかな」

国立が冷蔵庫の野菜室を開けようとしたとき、国立の携帯が鳴った。相手を確認すると、国立はそのまま携帯をポケットにしまった。

「出ないの？」

国立は、うん、と簡単にうなずいただけで野菜室からトマトを出している。しかしまた着信のメロディが鳴る。国立はあきらめたようにトマトをシンクに置くと、ごめんちょっと、と断ってから居間のほうへいった。

『もしもし、俺』

国立の応対には慣れからくる雑さがあり、あ、と仁居は動きを止めた。

そういえば、国立には恋人がいたのだった。

頭の中に空白ができて、シンクに置かれたトマトをじっと見た。そんな基本的なことをすっかり失念していた自分に、そして今さらショックを受けている自分に戸惑った。

『その話はもう終わっただろう。……うん、……うん』

聞いてはいけない。なのに聞こえてくる。どうしたらいいのか困っていると、くつくつと鍋から音が立ちはじめる。とりあえず火を止め、少し考えてからトマトを野菜室に戻した。

遠慮がちに居間へいくと、国立がこちらを見る。

——今日は帰るよ。

口の動きだけでそう伝え、鞄に伸ばそうとした腕をつかまれた。驚いて顔を上げると、懇願《こんがん》するような目にぶつかった。視線を合わせたまま、国立が首を横に振る。

『悪いけど、今、人がきてるから切る。明日連絡するから』

国立は切った携帯をソファに放り投げた。

「仁居先生、ごめん」

焦ったように謝られ、仁居のほうが戸惑った。

「俺のことはいいよ。恋人からだったんだろう?」

「そうだけど、このままじゃ仁居先生が帰ると思ったんだ」

「ごめん。俺がいたら話しづらいと思ったんだ」

「仁居先生は悪くない。俺のほうこそごめん」

よくわからない謝罪を繰り返しながら、それよりも手を離してほしかった。つかまれているのは腕だけではない気がする。息が苦しい。視線を手首に向けると、あ、と国立が手を離す。けれど仁居の手首には、すでにうっすらとした赤い痕《あと》がついていた。

「ごめん、つい」

「大丈夫、これくらいすぐ消える」

本当は少し痛い。でも嫌ではなかった。それどころか嬉しい。

複雑なような、単純なような、この気持ちをどう扱えばいいいんだろう。

「ごはん、食べよう?」

国立がそう言ってくれたので助かった。

そのあと、あたため直したカレーとトマトサラダを食べながら国立の話を聞いた。

「先週、別れようって言ったんだよ」

最初に冷却期間を置きたいと言ったのは向こうで、国立は別れたいならそれでいい、続けるというならそれもいい、選択権は向こうにあるとしていた。けれどこれ以上長引かせても意味がないと思い、国立のほうから別れを告げた。今は向こうの返事待ちらしい。

「こうなった元の原因は俺だから、勝手だと思うけど」

「そのあたりを話し合ったりはしないの?」

「話し合っても直せないから」

以前もそう言っていた。国立はフェアな男だと思うし、こうして一緒にいても理不尽な振る舞いはしない。そんな国立が直せないという『別れの原因』はなんなんだろう。

気になる。けれど問うことはしなかった。ひとつ聞いてしまったらとりとめなく質問が飛び出てしまいそうで、それを呑み込むために、仁居は規則的にカレーライスを口に運んだ。国立の作るカレーはほんのり甘口だ。さわやかさもあるので果物《くだもの》の甘みかもしれない。

「仁居先生は、なにも聞いてこないね」

国立がぽつりと言う。えっと視線を上げると目が合った。

「普通は聞いてくるよ。いろいろ」

仁居は焦って質問を探した。聞きたいことはある。でも聞きたくない。

「これ、リンゴ入ってる?」

考えた末、馬鹿《ばか》みたいな質問をしてしまった。国立はぽかんとしている。

「カレー?」

「うん、その、おいしいから、なにが入ってるのかなあって」

なんとか言葉をつなげていると、当たり、リンゴ、と国立が笑った。

「ああやっぱり。砂糖や元のルーの甘さじゃない気がしたんだ。他にコーヒーとかチョコとか、カレーはかくし味がいろいろあって楽しいね」

もうカレーから離れろよと思いながら止まらない。

困りながらもかくし味について話し続けていると、国立が吹き出した。

「駄目だ。ほんと、仁居さん、かわいい」

国立が本当におかしそうに笑う。それから真顔になった。

「仁居先生といると、俺、すごく落ち着くよ」

「え?」

「聞かない優しさっていうのかな。そっとしといてくれる感じが」

仁居は返事に困った。あえて聞かない優しさ、というのはある。黙ってそばにいるという、忍耐力を伴《ともな》う優しさ。けれど自分の場合はちがう。自分が人に踏み込んでいかないのは怖いからだ。踏み込むことは近づくことで、誰かに近づこうとするたび、あの言葉を思い出す。

——おまえの愛情は重い。

たった一言に足元を巻き取られて、あっけなく昔に引きずり戻されてしまう。

泣きながら自分を抱きしめる母親。少し離れた場所から、あたたかな叔母の家庭を眺めていた幼い自分。そこすら追い出され、さびしさのすべてを佐田に向けてしまった十七歳の自分。

あのときの、自分を見る佐田の怯えた目が忘れられない。心を寄せた相手に嫌われるくらいなら、少し遠くから見ているほうがいい。ぐうっと自分が内側に閉じていく。

「国立くんは、俺を誤解してるよ」

「誤解でもなんでも、俺は仁居先生といるとほっとする」

国立は仁居の目を見つめて言った。

「それは俺にとっての事実だから」

かろうじて閉じきる前に、心の縁に指を引っかけられたように感じた。

「ありがとう」

「どうして仁居さんがお礼言うの」

国立が笑う。そのときハウスの中でニーニが鳴いた。

「おっ、起きたか。はいはい、出たいんだな」

国立がハウスから出すと、ニーニはこちらにきて仁居の膝をよじ登ろうとする。国立はそれをはがし、「そうかそうか、ニーニもか」と語りかける。なにがと問うと、

「『ボクも仁居先生が大好きにゃーん』」

国立はニーニの前足を持ってばんざいの恰好をさせた。ニーニはじたばたともがいて国立から逃げ出し、急いで仁居のところにやってきた。仁居は小さな身体を抱き上げた。

「よしよし、国立先生がいじめるから大変だな」

「ばんざいさせただけだよ」

「嫌だったんだよな、ニーニ？」

ニーニを構いながら、かすかにざわついている内側を必死で押さえつけた。

——ボクも仁居先生が大好きにゃーん。

子供向けのカラフルな菓子みたいな冗談。そんなものにおたついている自分が馬鹿みたいで恥ずかしい。頼りなく小さな爪《つめ》で、ニーニはしきりと仁居の胸を引っかいている。


その日は、起きたときからなんとなく頭が重かった。

午前から授業が入っていたので学校へいったが、頭痛はだんだんとひどくなってくる。身体もだるくて、午後の授業が終わるころには熱が出はじめた。

冬の間に一度は大きな風邪《かぜ》をひく。仁居は熱が出る体質で苦しいけれど、子供のころからなのでもう慣れている。しんどさをこらえ、帰りに必要な買い出しをした。ミネラルウォーター、スポーツドリンク、レトルトの粥、ゼリー、額《ひたい》に貼る冷却シートと風邪薬。

重い荷物を持って帰宅すると、当然のように熱は上がっていた。体温計はないけれど、体感でわかる。食欲はない。レトルトのお粥《かゆ》をなんとか胃に流し込んで薬を飲んだ。準備を整えると、ようやく寝込むことができる。

ひとり暮らしをして、初めて大きな風邪をひいたときは悲惨だった。飲み物も食べ物の用意もなく、空腹のまま薬を飲んで、汗だくでベッドに伏せっているしかできない。高熱のせいで目が回り、死ぬんじゃないかと怖くなって叔母の家に電話したら、叔父が出た。

なにか用かと不機嫌そうに問われ、なんでもないですと電話を切った。ひとりの部屋で、起き上がることもできずに部屋が夜に沈んでいくのを眺めながら、こらえきれずに泣いてしまったことを覚えている。自分はひとりなんだなあと、あのとき痛感した。

いつの間にか眠っていたようで、目を覚ますと部屋は暗かった。

一瞬、自分が高校生のような錯覚を起こした。

汗だくで身体を丸めて、じっと耐えるしかなかった夜。

けれどすぐに思いだす。今の自分は二十七歳で、ベッドの足元にはスポーツドリンクが置いてあり、冷蔵庫には食べ物も入っている。そろそろと手を伸ばし、床に直置《じかお》きしているライトをつけた。白熱灯のあかりで視界が明るくなる。

天井《てんじょう》を見ると、ゆっくりと回転していた。熱が上がってきているんだなと思った。

仁居は体温計を持っていない。今、何度熱があるか知っても特に意味がないことに気づいたからだ。下手に何度か知ってしまうと余計にしんどくなるし、結局は薬を飲んで寝ているしかできないし、熱高いね、大丈夫？　と心配してくれる人もいない。

——たいしたことないよ。風邪くらいすぐ治る。

自分で自分を励まして、回る天井をぼんやり見ていると、頭の横のあたりが振動した。マナーモードにしていた携帯が震えている。国立からだった。横向きの姿勢で、仁居は震える携帯をただ眺めた。ふつりと振動が止んで、しばらく待ってからメールを打った。

《仕事中で電話に出られませんでした。なにかあった？》

すぐに返信がきた。
《おつかれさま。ただの夕飯の誘いでした。仕事がんばってください》
《ありがとう。仕事で二、三日そっちにいけないんだけど、ニーニの世話は大丈夫?》
《大丈夫。最近ニーニは元気に留守番できるから。「いい子に」なんじゃなくて、「元気に」というのがミソだね。ちなみに今もこんなありさまです》
添付された写真には、国立の部屋のカーテンにぶら下がって遊んでいるニーニが写っている。拾ったとき瘦《や》せっぽっちでぶるぶる震えていたニーニは、今ではふわっとした白い毛玉みたいな子猫になった。さらには子猫らしい好奇心を爆発させ、国立の部屋を破壊するようになった。
《今度、おもちゃをお土産《みやげ》に持っていくって伝えておいて》
そう返すと、また写真つきの返信がきた。
《熱烈《ねつれつ》待ってるにゃ〜》
カメラレンズに寄ってドアップのニーニが写っている。愛らしさに目を細め、携帯を枕元に戻した。横向きの姿勢のままふうっと息を吐く。視界がかすかにゆらいでいる。
風邪をひいているとは言わなかった。別に国立だからというわけじゃなく、他の友人や今までの恋人にも言ったことはない。みんな優しい人たちだったから、言えば気遣ってくれただろう。けれどどうしても言えなかった。
いつからか、人に頼るということができなくなった。

家には人を入れない。

荷物は増やさない。

気持ちは特に注意が必要だ。

捨てたくても、簡単には捨ててしまえないから。

どうしてこんな風になってしまったんだろう。傷つかないよう少しずつかたい鱗《うろこ》で自分を覆い、ふれたらざらざらしているだろう今の自分にぞっとするときがある。

布団《ふとん》の中でぎゅっと身体を丸めた。身体が熱い。なのに寒い。細かく身体が震え出す。かなり熱が上がってきているようで、震えながら携帯に手を伸ばした。

メールを開くと、アップのニーニが映る。

《熱烈待ってるにゃ〜》

カラフルな菓子みたいなメッセージを見つめ、荒い息を吐きながら小さく笑った。

窓辺から見える川を超えたところに国立は住んでいる。今ごろ、カーテンによじ登って遊ぶニーニを困り顔で引きはがしているかもしれない。ニーニはやんちゃになってきたので、国立は手を引っかかれているかもしれない。想像して、笑ったはずがなぜか泣きたくなった。

自分が大人だなんて馬鹿げた妄想に思える。倒れる前にせいぜい水と食べ物と薬を用意できるようになったくらいで、これが十七歳からの成長かと思うと情けなくなってくる。

病気は嫌だ。身体もしんどいけれど、心をやられるのが本当につらい。

普段意思の力で遠ざけているものを、弱っているときは払えない。

不安に耐えながらうつらうつらしている間に、だんだんと眠りが深くなる。

朝になって目覚めたとき、手は頼りなく携帯をにぎりしめていた。


四日ぶりに部屋を訪ねると、国立はあれっと目を見開いた。

「痩せた?」

「少し。ちょっと忙しかったから」

倒れた翌日から仕事を休み、ずっと家で寝ていた。インスタントのお粥を買っていたけれど、熱がピークのときはそれすら食べられず、スポーツドリンクばかり飲んでいた。

「仁居先生、食が細いからな。時間なくても飯だけは食わないと」

「うん、気をつける」

居間に入ると、ソファの上で丸くなって寝ていたニーニがぴくんと起きた。にぃにぃと名前の通りに鳴きながら、ソファの布地に爪を立ててがんばって下りようとするが、途中で爪が外れてぺちゃりと落ちてしまった。あっと声を上げる仁居を尻目に、国立は余裕だった。

「それくらいの高さならもう平気だよ。さすがにここから落ちたときはスライディングで受け止めたけど。ニーニは無事だったけど、食べてたカレーヌードルこぼしてこのざま」

国立は『ここから』とカーテンレールを指さし、『このざま』と黄色い染みのついたラグを指さしだ。仁居は「そっか、怖かったなあ」とニーニの頭をなでた。

「俺のこともねぎらってほしい」

国立が顔をしかめ、お疲れさまですと仁居は土産の唐揚《からあ》げを渡した。仕事の帰りに駅ビルでニーニのおもちゃを買い、国立が好きなのを思い出して惣菜《そうざい》屋にも寄ったのだ。

「ここの柚子山椒《ゆずさんしょう》風味の唐揚げ最高なんだよな」

国立がビールを出し、ふたりで唐揚げをつまみに飲みながらニーニと遊んだ。布製の小さな魚がついている釣竿《つりざお》型の猫じゃらしを目の前でくいくい上下させると、ニーニは前足でぱしっとパンチを入れる。連続ヒットで、上手ーと親馬鹿丸だしでふたりで褒《ほ》めちぎる。

「ニーニ、こっちとどっちが好きだ」

国立がいつものオーソドックスな形の猫じゃらしを出すと、ニーニの興味は一瞬でそちらに移ってしまった。必死でふわふわした穂先に飛びついて前足で抱え込もうとする。

「やっぱりいつも遊んでるやつが好きなのか」

「猫にも好みがあるんだね」

猫じゃらしを抱え込んでいるニーニを見て、なるほどと国立がつぶやく。

なにか変だなと思った。いつもならもっと激しくジャンプさせるし、ニーニもそれを待っているのに、国立はぼんやりと猫じゃらしの穂先を見つめているだけで、心ここにあらずに見える。しばらくしてから、そういえば……と国立が思い出したように言った。

「ちょっと相談があるんだけど」

さりげなさを装っていても、タイミングを計っていたことが伝わってくる。あまり楽しい話ではなさそうで仁居は緊張した。

「実は、ニーニをほしいっていう人がいるんだ」

身構えていたので、一瞬ぽかんとした。

「あ……、そうなんだ」

ほっとした次に、ニーニとお別れという事実が胸にきた。

「そっか、ついに見つかっちゃったか。さびしいね」

無邪気《むじゃき》に遊んでいるニーニに目を落とした。成長を間近で見てきて、手放したくない気持ちが勝っている。そういうわけにはいかないのだが——。

「どんな人?」

「ああ、うん、それが」

国立は珍しく言葉を濁《にご》した。

「前につきあってたやつなんだけど」

思わず目を見開くと、会ってはいないよ、と国立は慌てて言った。

「別れようって言ってから、何度か電話で話し合った。距離を置こうって最初に言ったのは向こうだけど、本当に別れようとは思ってなかったって言われてて、まあ、なんというかちょっとまだ揉めてる感じで、そういうのを話してるときにニーニが電話口で鳴いて——」

猫を飼ってるのかと問われ、飼い主を探していると言ったら、じゃあ自分が飼いたいと立候補したらしい。国立は早口で説明した。

「でも、まだ返事してないから」

「……うん」

うなずきながら、抑えても抑えても湧き上がる怒りに驚いていた。国立とは友人で、自分は怒る立場ではない。懸命に理性をきかせようとするけれど、コーティングするそばからぱらぱらとはがれ落ちて、むきだしの感情が顔をのぞかせる。

「……嫌だ」

こらえきれずに、言葉がこぼれてしまった。

こんなふうに理屈抜きで意思を伝えるのは久しぶりだった。

目に力を込めると、国立が表情を引き締めた。

「ニーニは、俺と国立先生で拾ったんだよ」

「うん」

「一緒に病院に連れていって、ミルクを飲ませて」

「うん」

「缶詰のご飯にも慣れて、カーテンにも登れるようになったし」

「うん」

「ニーニは、俺のことも飼い主だって思ってると思う」

「当たり前だよ。ニーニは仁居先生が大好きだ」

国立が大きくうなずく。なだめられている。恥ずかしい。

「……だから」

これ以上どう言えばわからなくなった。

「うん、仁居先生、わかったよ」

優しい声音に、うつむいて唇をかんだ。破裂したあと、力なくしぼんでいく風船に自分がなったように感じた。感情を走らせてしまったことが恥ずかしくて、顔を上げられない。

それでも、どうしても、その人にニーニを渡したくない。

そういう自分にひどく落胆する。

国立の恋人は、国立とやり直したくてニーニをほしいと言っている。自分はそれを邪魔している。どれだけ自分を律《りっ》していても、なにかのきっかけで簡単に努力がおじゃんになる。

——おまえの愛情は重い。

佐田の言葉は嫌になるほど正しくて、苦いそれをかみしめるたび、自分の気持ちまで自覚させられてしまう。自分は、国立を、好きになってしまっている。

「ごめん、わざわざ言わなきゃよかった。俺のところで止めておけばよかったよ」

「そんなことないよ」

仁居は首を横に振った。

「ニーニはあげない。向こうにはちゃんとそう言うから」

「……わがまま言ってごめん」

「全然わがままじゃないよ」

うつむく頬に、そっと大きな手がかかる。

「俺は嬉しい」

そう言うと、国立はのぞき込むように顔を寄せてきた。

どんどん近づいてくる。このまま流されてしまいたい。

けれど唇がふれる一歩手前で我に返った。

反射的に身体を引くと、国立は一瞬傷ついた顔をした。

「ごめん。ビールもうないな。取ってくる」

国立は立ち上がり、台所へいってしまった。すぐに戻ってきたけれど、そこからは何事もなかったように仕事の話をはじめ、仁居もそれに合わせた。

さっきのことを謝りたい。

けれど謝ることで、自分たちの間にある感情に恋という名前がつくことが怖い。

慎重に普通を装《よそお》いながら、互いの間に見えない糸が張ったように感じていた。話す言葉、かわす視線で、その糸は伸びたり縮んだりする。切ろうとしても自分では切れず、おやすみと国立の部屋をあとにしても、どこまでも細く伸びて仁居についてきた。

見えない糸をまとわりつかせたまま帰宅し、シャワーを浴び、セーターとマフラーで防寒をしてから、開け放された窓辺に座ってアルコールを飲んだ。

氷のように冷たくて香りのない強い酒は、口に含んだ瞬間から熱に変わる。身体がほのかに熱くなってくる。くたりと膝を抱えた姿勢で、仁居は灯《あか》りの消えた暗い部屋を見た。

酔いでぼんやりしはじめた目に、床の上を細くうねる架空の糸が映る。かすかに発光するそれは蛇行《だこう》する川のようで、幼いころから見慣れたその先は今は国立につながっている。

今すぐ、引きちぎってしまいたい。

顔を膝に伏せて視界を閉じた。光る糸は川のように自在に部屋や自分の中を流れていく。自分だけの安全圏に、みるみる国立の気配が混ざっていくのをなすすべもなく感じていた。

職員室で昼食をとっていると携帯が鳴った。アパートの管理会社からで、大家がペットを飼うことを了承してくれたという知らせだった。

「もう今夜からでもニーニを引き取れるよ」

そう言うと、国立はなんともいえない顔をし、ソファで寝ているニーニを抱き上げた。気持ちよく寝ていたところを起こされて、ニーニは不機嫌そうにふにゃふにゃと顔を背《そむ》けている。

「ほっとしてるんだけど、いざとなるとさびしいなあ」

ニーニに頬ずりする国立を見て、仁居は小さく笑った。

「一緒に暮らしたら情が移るよね」

「それに、仁居先生ともあんまり会えなくなりそうだ」

「え？」

「ニーニがそっちにいったら、もう俺の部屋にくる理由がなくなるだろう？」

「そんなことない」

「でも、俺は仁居先生の部屋には入れないし」

部屋に人を入れるのは苦手だと、以前、自分が言ったのだ。

けれど国立に関しては、部屋に入れようが入れまいが、もう関係なくなっている。国立を好きだと自覚してからは、そばにいてもいなくても、国立の気配はいつも仁居の中にある。

沈黙が気まずくなる手前で、嘘だよ、と国立が言った。

「ごめん、そんな困った顔しないで」

「してないよ」

だったらいいんだけど、と国立が笑う。

「これからも俺の部屋にきてくれる?」

そんなことをわざわざ聞かないでほしい。

「国立先生がいいなら、くるよ」

目を伏せたまま答えた。

「俺はきてほしい」

目を伏せているので、国立がどんな顔をしているのかはわからない。

「だったら、くるよ」

伏せた睫《まつげ》のあたりに視線を感じ、余計に顔を上げられない。小さな器の中にとろとろと蜂蜜《はちみつ》を流し込まれるみたいな、今にもあふれそうな甘い息苦しさ。このままでは窒息しそうで、仁居はテーブルに置いてある旅行パンフレットに意識を逃がした。

「あ、それ、学校に出入りしてる旅行会社の人が営業でくれたんだ」

「ああ、修学旅行とか校外学習とかいろいろあるしね」

「仁居先生、旅行は好き?」

やっと安心できる話題になったので、どうかなと首をかしげた。

「学生のときはよくいったよ。休みになるとひとりでふらっと」

「へえ、ひとり旅って恰好いいな。俺はしたことない」

楽しく旅行ができる友達がいるならそれがいい。自分の場合は、ひとりのほうが気楽だからひとりでいくだけだ。どこにいったのかと問われ、仁居はいくつか地名を上げた。

「一番よかったのってどこ?」

「うーん、……宗谷《そうや》かな。よかった、っていうのとは少しちがうけど」

「宗谷って、日本最北端の?」

「うん、ぶらっと。稚内《わっかない》からバスで」

「いやいや、ぶらっといくところじゃないと思うけど。なんでまた」

「さあ、なんとなく」

曖昧にごまかした。

旅行が特に好きなのではないし、そもそもいくという感覚ではなく、そのときいる場所から逃げ出すという感じだった。今はもう慣れてしまったけれど、大学のころはまだ、冬、春、夏、それぞれの長い休みをひとりの部屋で過ごすことが耐えがたいときがあった。

そういうときは、にぎやかな場所へいこうとは思わない。

宗谷にいったのは大学三年の冬だった。当時の恋人にふられた直後、衝動的に家を出た。自分がいるこの部屋こそがいろいろなものの果てのように感じて、そこにひとりでいることが耐えがたく、逃げるように本物の最北端にいった。

「どんなところだった?」

「海から吹く風の圧がすごくて、寒いっていうより痛かった」

「え、冬にいったの？　あそこハイシーズンは夏だろう」

「うん。吹雪《ふぶ》いてて視界も灰色一色。店も全部しまってて、四時くらいでもう暗くなる」

「さびしそうだな」

「そうでもないよ」

海、雪、氷、風、うすい青色と灰色に閉ざされた世界を思い出し、

「人によると思うけど」

とつけたした。ある人にはさびしい場所が、ある人には安らぎになるときもある。

風景そのものはさびしかった。人もほとんどおらず、最北端のモニュメントを少し見ただけで、海を見下ろす丘に立って薄いカミソリみたいに鋭《するど》い海風を受けていた。ぽつぽつとしかいない人影は薄灰色の景色よりも一段暗く、亡霊のように吹雪にかすんでいた。

楽しかったとか、素敵な場所だとは言わない。けれど、みんながそれぞれひとりという場所にいると、ひとりでいることに罪悪感や不安を感じないですむ。それだけでもほっとする。

氷点下二十度の宗谷より、休日のショッピングモールのほうが寒い。そう思う人間もこの世にはいる。それを納得できただけでもいってよかった。ネガティブすぎて人には言えないなと考えていると、

「なんにもないところより、なんでもあるところのほうがさびしいときもあるね」

国立が言い、仁居はほんの少し目を見開いた。国立の視線は猫じゃらしで遊んでいるニーニ

に向けられていて、思ったことをそのまま口に出しただけみたいだ。

「なに？」

仁居の視線を受けて、国立がこちらを見た。

「国立先生みたいな人がそういうことを言うのは意外だなって」

「俺みたい？」

「いつも明るくて、友達多そうで、生徒にも人気がある優しい先生」

国立はぽかんとして、それから苦笑いを浮かべた。

「本当に自分がそういう人間だったらいいな、とは思うけど」

なあニーニ、と国立はまたニーニ相手に猫じゃらしをけしかけた。

仁居は目を伏せた。つまらないことを言ってしまった自分を恥ずかしく思った。明るくて、優しくて、人気がある。ただそれだけの人間になれれば、みんな楽だろう。けれど人間は立っているだけで影ができてしまう生き物で、それを失ったら人ではなくなってしまう。

自分の知らない国立の影は、どんな形をしているんだろう。

ふいにチャイムが鳴り、ニーニがびくりと反応した。もう八時をすぎていて、国立が怪訝《けげん》そうに立ち上がる。ニーニも一緒に出ていこうとするので、仁居が胸に抱いて引きとめた。

「はい、どちら様ですか」

国立の声のあと、不自然な間が空いた。

「ごめん。今、お客さんがきてるから」

ぎりぎりまで絞《しぼ》った声が聞こえてきて、仁居はちらりと玄関を見た。

「くるなら、せめて連絡してからこいよ」

それだけで誰かわかってしまう。嫌でも耳に届くやり取りを聞かないように努めるが、そのうちドンドンと玄関が叩かれ、仁居は居たたまれなくなってニーニをハウスに入れた。

「国立先生、今日は帰るよ」

鞄《かばん》を手に、玄関に立つ国立に小声をかけた。

「いや、ちょっと待って――」

「よっぽどだと思うし、ちゃんと話をしたほうがいいと思う」

そう言うと、国立は叱《しか》られた子供みたいな顔をした。

こちらの気配が伝わったのか、ドアを叩く音はやんでいる。静かに玄関を開けると、大きな目が快活《かいかつ》な印象の若い男が立っていた。仁居は軽く頭を下げ、横を通りすぎようとした。

「遥《はるか》とつきあってるんですか？」

えっと振り向いた。一瞬誰のことかと思ったが、この状況では国立のことなんだろう。自分は国立の下の名前も知らなかった。そう思うと、すうっと頭が冷えた。

「国立先生とは友達です」

若い男の目はまっすぐ仁居に向かってくる。嫌な感じはしなくて、逆にそのまっすぐさが羨ましいほどだった。なんとなく向かい合っていると、国立が割って入ってきた。

「仁居先生、今夜はすみませんでした」

先生という呼びかけに、若い男が一瞬動揺した。本当に恋人じゃないんだろうかという目で見られ、仁居はもう一度小さく頭を下げて、黙って踵《きびす》を返した。

「急にきてごめん」

「……うん、まあ」

「俺にも悪いところがあったし、これからは努力するって伝えにきた」

エレベータに向かう背中に、ふたりの会話が小石みたいにぶつかってくる。早くエレベーターがきてほしい。こういうときに限って遅い。階数表示をじっと見つめる。

「今さら勝手なのわかってるけど、遥は待っててくれると思ってたんだ」

「司《つかさ》、俺は――」

国立がなにか言いかけたとき、ようやくエレベーターがきた。ドアが開き、逃げるように中に飛び込んだ。降下するわずかな間、足元から立ち上《のぼ》ってくる不安定な感覚に、ぎゅっと目を閉じた。

外に出ると、夕方から降っていた雨はやんでいた。雨の香りが濃く立ち込める舗道に立ち、足元の水たまりに映り込んでいるマンションをぼんやりと見つめた。靴先《くつさき》で波紋《はもん》を起こすとマンションは揺らいで消える。水面が落ち着きを取り戻す前に、仁居は足早に歩き出した。

——これからは努力するって伝えにきた。

素直すぎる言葉を思い出すと、引き絞られたように胸が痛んだ。

ある一瞬、暴力的なまでに自分の気持ちを解放できる術《すべ》。

昔の自分が持っていたものを思って、情けない気持ちで川べりを歩いた。

翌日、授業が終わって職員室に戻ると、国立からメールが入っていた。昨日の謝罪と、今夜会えないかという伺いだったけれど、今夜は仕事で遅くなると断った。

「仁居先生、そろそろいいですか」

教科主任に声をかけられ、はいと資料を持って立ち上がった。

今から教科別の担当者会議があるので、国立に言ったことは嘘ではなかった。

状況報告やクラス別の学力推移を話し合ったあと、教科主任からの全体注意があって会議は終わった。帰り支度《じたく》をしている仁居の横で、みんなが食事でもしていこうかと話している。

「仁居先生もいかがですか?」

「ありがとうございます。でも今夜はちょっと」

「そうですか、じゃあまた今度」

三十代の教師はみんなの輪に戻り、仁居はおつかれさまでしたと会議室を出た。

今の高校との契約が三月で終わる。次の学校は決まっていない。この時期に話がないということは、今年度はいよいよ待機になる。宮部に頼んで学習塾の講師に入らせてもらうことはできるけれど、先のことを考えると教職はもう限界かもしれない。

帰りの電車の中でペーパーバックを読んでいると、ざらついた紙面に人影が落ちた。はっと見上げると、中年の男性が立っていた。怪訝そうな顔をされ、慌てて目を伏せる。

——お久しぶりです。俺のこと、覚えてますか？

国立と再会したときのことを思い出し、軽く頭を振った。

集中しようと英単語をにらみつける。けれどすぐに意識がばらけていく。

国立はあの人とどうなったんだろう。

国立はあの人を受け入れたんだろうか。

国立はあの人とやり直すんだろうか。

国立は——。

最寄り駅に到着するアナウンスで我に返った。

ずっと同じページを開きっぱなしで、文章はひとつも頭に入っていない。今の自分を占《し》めているものごと払うように、軽く勢いをつけてペーパーバックを閉じた。

改札を出たところで、少し先に国立が立っていることに気づいた。背が高いのですぐにわかる。うつむきがちに通りすぎると、国立は黙って隣を並んで歩き出した。

「待ち伏せなんてしてごめん。こうでもしないと会ってもらえなさそうで」

駅の喧騒が遠くなったところで国立が言った。

「昨日は驚かせてごめん。ちゃんと話をして、終わらせることになった。俺としてはもう別れているつもりだったけど、状況としてだらしないことになってしまったことは反省してます」

国立は丁寧な話し方をした。

仁居はなにも答えられずに横を歩いた。

「頼むから、なにか言ってほしい」

明るいコンビニエンスストアを通りすぎてから、仁居は口を開いた。

「ニーニのこともあるし、もう会わないなんてないよ」

「じゃあ、ニーニがいなかったら？」

そんな、追い詰めるような問い方をしないでほしい。

「ニーニがいなくても、国立先生とは友達だよ」

「ちがう」

国立ははっきりと言った。

「俺は恋愛として仁居先生が好きだ。仁居先生もそうだと思ってた」

街灯の光が届かない川べりで、国立はふいに立ち止った。

「もっと時間をかけようと思ってたけど、長引かせるとダメな気がしてきた。待ち伏せなんて無茶をしたけど、もうお互い気持ちを打ち明けてもいいと思う」

ひとつひとつの言葉がまっすぐ届く。力強い言葉に押され、少しずつ足場を削《けず》られていく。

このまま落ちてしまいたい気持ちと、怯える気持ちが同時に生まれる。

「仁居先生も俺を好きでいてくれていると思ったのは、俺の勘《かん》違いだった？」

じりじりと削られる。本当にもうあとがない。

「……俺は、誰かを好きになるのはもうやめようと思ってる」

「どういうこと？」

優しい問い方に、仁居はうなだれるしかない。

幼いころから順番に積み重なってきた地層。その中のどの部分とどの部分を切り出してつなげれば、今のこの気持ちを説明できるだろう。どこを取っても不完全で、まとめきれず、ぐちゃぐちゃに混ざり合っているものを。

「いつも失敗するから」

考えた末、子供みたいな答えになった。でも、多分、そういうことなんだろう。自分には、ちょうどいい分量で人を愛することができない。

「俺とは失敗しないかもしれないよ」

「そうだね」

「だったら」

「でも失敗するかもしれない」

そう怯えて日々を過ごすことがもう嫌だ。

「その『失敗』っていうのは、具体的にどんなことなのか聞いていい？」

仁居は首を横に振った。

「じゃあ、どうして『失敗』すると思うのかな。その原因はどこにあるのかな」

問い方が教師らしいなと、状況にまったく関係ないことを考えた。

「今度の休み、ニーニを引き取りにいくよ」

そう言うことで、質問に答えることを拒否した。

「こんなふうに渡したくないな」

「大事に育てるつもりだけど、俺に渡すのが不安なら国立先生が飼ってくれればいい。他にほしい人がいるならあげてもいい。それが誰でも、俺はもうなにも言わないから」

「そんなこと言ってるんじゃないよ」

怒ったように言われ、ごめん、と目を伏せた。

「ニーニのことは国立先生のいいようにするからゆっくり考えて」

じゃあ、と言って踵を返した。

「仁居先生」

呼ばれたけれど、振り返らなかった。

ひとりで暗い川べりを歩いていく。これが最後のチャンスだよと差し出されたカードを受け取らなかったような後悔がじわじわと湧いてくる。今すぐ戻って、さっきのは嘘だと、自分も好きだと打ち明けてしまいたくなる。そうしないよう、歩く速度を上げた。

これでいいのだ。誰かを好きになっても、その人と長くおだやかに過ごしている自分を想像できない。一方で、失ってしまう場面のほうはリアルに思い描ける。

幸せの形はぼんやりとしか知らない。なのにさびしさがどういうものなのかは、克明に知っている。どちらが手なずけやすいかと問われたら、迷いなく後者と答える。

幸せは突然牙《きば》をむいてくる獣《けもの》みたいで、ちっとも気が休まらず、自分はいつもびくびくしている。さびしさは、いつも足元でうずくまっている老犬に似ていて、声も立てずただそこにいる。なにも変化せず、生みだしもしない。まるで死んでいるみたいに、さわるとひやりと冷たい。

部屋に帰り、灯りもつけず冷凍庫からウオッカの瓶を出した。たまに、暮らしていくための手順というものがひどく面倒になるときがある。

コートのまま窓辺に腰を下ろし、いつもは少しずつ飲むものを一息に飲んだ。喉がじわりと熱くなって、胃がきゅっと縮む。感覚だけがぶわりとふくらむ。ぐちゃぐちゃのまま凝《こ》り固まっている気持ちがゆるんで、そのうちなにも考えられなくなってぱたりと眠れる。

慣れたやり方が、今日は全然うまくいかない。

明日からのことを思うと憂鬱《ゆううつ》になる。

朝、夕、自分はきっと駅で国立の姿をさがすだろう。電車の中で誰かが前に立つたび、はっと見上げてしまうだろう。いたらいたで心臓が止まりそうになるし、いなかったらいないで落胆するだろう。そして自分から国立を遠ざけたことを後悔するだろう。自業自得《じごうじとく》だ。

抱えた膝に顔を伏せ、引っ越しをしようかと考えた。

ちょうど六月で更新になる。ちょうどいい。ちょうど——。

酔いでかすみはじめた視界に、夜と同化している川が映る。

流れるばかりで、どこにもとどまれない川は自分みたいに思えた。


大型の低気圧が近づいていると、昨日からニュースで繰り返している。朝からの雨は午後になってますますきつくなり、生徒だけでなく教師も早めの帰宅をうながされた。

帰る道すがら、横殴《よこなぐ》りの雨に全身濡れて冷え切ってしまったので、帰ってすぐ風呂に入った。濡れ髪にバスタオルをひっかけて窓辺に座ると、河川敷の向こうの川があふれ、灰色と茶色が混じった水がこちらに迫ってきているのが見えた。

十年も川べりに暮らしているので、こういう光景は慣れている。

冬枯れで優しい色になった芝生《しばふ》を、水が侵食していく。このまま降り続いたら、一階は浸水するかもしれない。学校はどんな感じだろう。浸水だったら掃除《そうじ》に駆《か》り出される。あれは面倒なんだよなあ……とりとめなく考えていると携帯が鳴った。国立だった。

ニーニのことだろうか。だったらメールでいいのに。

見なかったことにして、画面を下にして窓の桟《さん》に戻した。一度切れて、またすぐかかってくる。出たくない。強く願いながら、手がそろそろと伏せられた携帯に伸びていく。理性と感情が拮抗《きっこう》するとき、最後の最後、結局いつも感情が勝ってしまう。

『……もしもし』

『仁居先生？』

久しぶりに聞く声に、思わず目をつぶった。

『急に電話してごめん。雨すごいから、仁居先生んとこは川べりだし心配になった』

優しい声を聞きながら、きつくきつく目をつぶった。さびしさと空腹は似ていて、飢えているときに差し出された優しさは、それがどんなにささやかなものでも胸に深く沁《し》みてしまう。

——びっくりさせてごめんな。

十七歳の夏、コンビニエンスストアのカウンター越し、佐田に髪をかき回された。たったそれだけで恋に落ちてしまった幼い自分を思い出す。愚《おろ》かで浅ましい。でも素直だった。あのころは恋をすることが怖くなかった、誰かに気持ちを寄せることは純粋な喜びだった。

『水、大丈夫？』

『……うん』

たった二文字の短い返事が、妙に甘えた感じに響いて恥ずかしくなった。

『大丈夫だよ。慣れてるし、子供じゃないから』

反動でしっかりした声が出た。

『ならいいんだけど、ずっと窓の外見てるから不安なのかと思った』

えっと窓の外を見ると、アパートのすぐ下に紺色の傘を差した国立がいた。傘を左右に振って合図するので、あっという間にシャツに水玉の雨染みができていく。

『なんでいるの？』

『だから、心配だったから』

『俺は大丈夫だよ。それより、そこ危ないから早く帰って』

川沿いの道は舗装がされていなくて、真っ先に水に浸かってしまう。話している間にも河川敷はじわじわと水に浸食されて、国立が立っているところも時間の問題に思えた。

『帰る前に、少し話をしたいんだ』

『電話なら、帰ってからでもできるだろう』

『仁居先生、この間、恋愛をしたくないのは失敗するからって言っただろう』

『国立先生』

『俺も同じなんだよ』

『え？』

『前に仁居先生と映画にいったときもそうだった。男の人と女の人の手だけがからむシーンがあって、手だけなのに妙に色っぽいというか。俺、ああいうのちょっと苦手なんだ』

よく意味がわからなかった。

『心の準備なしでいきなり濃いの見せられると、わってなる。びびるというか引くというか。だから仁居先生がそのことについてなにか言ったとき、うまく返せなくて話を変えた』

そういえば、あのとき唐突だなと感じたことを思い出した。

『俺には妹がいるんだけど』

いきなり話が飛んだ。

『今二十四で、在宅で仕事してて、ひとりで暮らしてるんだけど、あんまり家から出ないんだ。たまにひとりで街中に買い物にも出るんだけど、基本ずっと家でさ』

いきなりなんの話だろう。戸惑う仁居に構わず、国立は話し続ける。

『妹は結構かわいくて、小さいころからよく男から告白されてた。しょうもない男とくっつくなよって俺はいつも言ってて、あいつはおにいちゃん、うるさいっていつも俺を煙《けむ》たがってて、そのくせ告白されるたび、どう思うって俺に相談してくるんだよ」

話がどこに向かおうとしているのか、さっぱりわからない。けれどこの状況で国立がなんの意味もないことを話すとは思えないので、慎重に耳をかたむけた。

『昔は活発なやつだったんだけど、妹が中学生の終わりくらいにいろいろあって』

『……いろいろ?』

『うちは母子家庭で、母親にはそのときつきあってる男がいて、母親がいないときでも普通に家に出入りしてたんだ。妹はそいつのことを目つきが気持ち悪いと言って嫌ってた』

なんとなく話の進む方向が見えてきて、鼓動《こどう》が嫌な感じに速まった。

『俺はサッカー部に入ってたんだけど、強豪だったから練習も厳しくて毎日帰りが遅かった。でもあの日はたまたま早く帰って、母親はいなくて、ただいまって玄関で靴脱いでたら、二階からそいつが下りてきた。すごく慌てた感じで、おかえりって媚《こ》びるみたいに嫌な感じにへらへら笑いながら家を出ていった。俺は嫌な予感がして二階に上がった』

もう聞きたくないと思った。

『……妹は部屋の中でうずくまって泣いてた』

国立はすうと深く呼吸した。

『人を殺したいと思ったのは、後にも先にもあのときだけだ』

静かな声音は、怒りを押し殺しているせいだ。十年経っても消えない。それほど強くこびりついた感情が、人の心にどれほどの影を落とすのか仁居は知っている。

国立は部活をやめ、放課後は妹の中学に迎えにいくようになった。妹はいつも図書館で待っていて、国立と一緒に家に帰るようになった。妹をけっしてひとりにはしなかった。けれど妹は異性を怖がるようになり、二十四になる今も男とつきあったことがない。

『妹はあのとき一度殺されて、生き返る努力を今もずっとしてる。うまくいっているかどうかはよくわからないけど、俺はがんばれとは言わない。だっておかしいだろう。妹はなにも悪くないのに、無理やり背負わされた荷物をずっと担《かつ》ぎ続けなきゃいけないなんて』

国立が話す声より、雨の音が強くなってくる。

『俺自身、妹と似たようなところでつまづく。好きな人とそういうことをしているとき、ふっと妹のことがよぎる。いつもじゃないけど、一度思い出すともう続けられなくなる』

妹のことと、恋人との行為は関係ない。頭ではわかっているのにどうしようもできず、そういうことが続くうちに、事情を知らない相手は国立の気持ちを疑うようになり、諍《いさか》いが絶えなくなって関係は終わる。今の恋人と別れることになったら、当分恋はしないでおこうと国立は思っていた。

『仁居先生と再会したのはそんなときだよ。正直、昔からいい感じだなって思ってて、話をするようになって、やっぱりいいなって思うようになったけど、そこから出る気はなかった。同じ失敗をするのが嫌だったし、友人でいようって思ってた。でも仁居先生、部屋に人を入れるのが苦手って言っただろう。あのとき思ったんだよ。ああ、この人、なんだか妹に似てるなあって。俺はこの人を好きになるかもしれないなあって』

高揚《こうよう》とは無縁の苦しそうな告白に、仁居は携帯を強くにぎりしめた。

『今までの恋人にも言わなかった妹さんのことを、どうして俺に？』

『さあ、なんでだろう。妹と似てると思ったから……かもしれないけど、実はあんまり深い意味はないかもしれない。理屈じゃなくて、この人ならって思ったんだよ』

『……国立先生』

名前を呼んだけれど、なにを言いたいのかわからなくなった。

自分にとって幸せは、いつ牙をむくかわからない怖いものだ。けれどうずくまって動かない、ふれると冷たいものになりきるには、自分はまだどうしようもなく生きている。

誰からも愛されていなくても生きていくことはできるけれど、誰かが自分を特別に想ってくれている、それだけでかすかに動きだすものがある。複雑そうに見えて、実は自分は単純に作られているのだと、笑いたいのか泣きたいのか、よくわからないまま力づくで納得させられる。

「国立先生」

窓を開けると、横殴りの雨が吹き込んでくる。

「仁居先生、濡れるから」

電話を切って、直接声を張ってくる。けれど国立の足元ももう水に浸かっている。川からあふれた水が街中を灰色に沈めようとしている。

「国立先生、きて」

国立が目を見開く。

「早く、きて」

もう仁居の上半身はびしょびしょになった。

国立が建物の入り口に回るのを見て、仁居はバスタオルを手に玄関に向かった。

玄関を開けたと同時に、国立が中にすべり込んでくる。

なにかを言う間もなく、抱きしめられていた。

瞬間、甘い蜂蜜の中に頭から漬けこまれたように感じた。

——おまえの愛情は重い。

とろりと甘い時間の底から、佐田の言葉が気泡《きほう》のように浮かび上がってくる。

もしもまた誰かを好きになったら、求めすぎないように、近づきすぎないように。古い呪文めいた決意がゆっくりと水面に顔を出し、ぱちんとはじけて不安をまき散らす。

今度も駄目かもしれない。

今度はうまくいくかもしれない。

期待と不安がくるくると入れ替わる。

国立が顔を寄せてくる。くちづけを受け入れるために目を閉じる。唇がふれ合って、自分からも大きな背中に手を回す。甘いくちづけを何度もかわす。その裏側で、溺《おぼ》れないように、けっして溺れないようにと、強く自分に言い聞かせる。

愛してほしいなら、愛しすぎないようにしなければ。

それが正しいのか間違いなのか、自分にはわからない。

ノットイコール

NOT EQUAL

初めて仁居《にい》の部屋に入ったとき、荷物の少なさに驚いた。

ところどころヒビの入った灰色のモルタル壁に蔦が這う、若い男が暮らすにはレトロすぎる2DKのアパートだった。あの日は季節外れの大雨で、重い灰色に沈んでしまった風景が窓一面に映し出され、仁居の部屋をより一層さびしそうに見せていた。

台所には、食事用の小さなテーブルと椅子が一脚だけ。棚に並んだ食器も一組ずつ。居間には仕事用の机と本棚、小さなテレビ。寝室にはベッドのみ。無難なベージュでまとめられてあり、趣味がうかがえる小物などはなかった。

唯一、印象的なのが窓辺だった。

すぐ目の前に川が見渡せる大きな腰高窓と、窓辺に置かれた椅子。椅子の背には質のよさそうなセーターとマフラーがかけてあり、そこが仁居の定位置であることがわかった。

あの日から一ヶ月、桜の季節はすぐに終わってしまい、灰色の壁にからむ蔦は鮮やかな緑を復活させている。明るい川べりを歩いていくと、仁居のアパートが見えてくる。

二階の仁居の窓は開け放されて、窓辺には今日も仁居が座っていた。声をかけなくても国立《くにたち》に気づき、わずかに身を乗り出して手を振ってくる。国立は持っていたコンビニ袋を持ち上げて応えた。

「昼飯、買ってきたよー」

国立は弁当の袋を揺らさないように駆け出した。口元が自然とにやけてしまう。

――あれ、やっぱり、俺を待っててくれてるんだよな。

本人が自覚しているかはわからないが、仁居は心を許した相手にはがらりと変わる。

恋人同士になってから、互いの呼び方から『先生』が取れ、国立くん、仁居さん、と呼ぶようになった。以前は国立の部屋ばかりだったものが、仁居の部屋でも会うようになった。

国立が仁居の部屋にいくとき、仁居は必ず窓辺に座っている。最初はたまたまだと思っていたけれど、いつもそうなので、自分を待ってくれているのだと気づいたときは嬉しかった。

いいことばかりではない。非常勤講師の誘いがなく、四月から仁居は学習塾の講師をはじめた。以前より帰りが遅くなり、土日しか会えなくなったのがさびしい。

「いらっしゃい」

玄関が開き、仁居が出迎えてくれる。仁居の胸の中にニーニがいる。ニーニは今ではすっかり仁居家の猫におさまっていて、真っ白でフカフカの前足を伸ばしてくる。

「ニーニ、三日ぶりだな。元気だったか」

ニーニと握手してから、仁居の頬にキスをした。

「仁居さん、お昼まだだろう。弁当買ってきたよ。コンビニだけど」

「ありがとう」

「ハンバーグと唐揚げとどっちがいい？」

「国立くんはどっちが食べたい？」

「ハンバーグ。目玉焼きがついててそれがうまそうだった」

「じゃあ俺は唐揚げ」

「無理してない？」

「してない」

仁居はおかしそうに笑いながら、お茶の用意をする。

「ビールも買ってきた。冷やしとくよ」

「あ、いいよ。俺が入れるから」

仁居が慌てたように言う。しかしすでに国立は冷蔵庫を開けていて、ラップがかかった皿が入っているのを見つけた。カットされた野菜、茹《ゆ》で上げられた素麺《そうめん》。

「……もしかして、ソーミンチャンプル作ってくれようとしてた？」

振り向くと、困り顔の仁居と目が合った。

「うん。でもお弁当食べよう。せっかく買ってきてくれたんだし」

「いやいやいや、『せっかく』はそっち。せっかく作ってくれようとしてたのに」

先日いった居酒屋で食べたソーミンチャンプルがおいしくて、これ百杯食いたいと言っていたのを覚えていてくれたのだ。国立は仁居を抱きしめた。

「仁居さーん、俺、こういうのすごく嬉しい人」

「でも、いためるだけの簡単なものだし」

「そういう問題じゃないんだよ。気持ちが嬉しいの」

仁居をきつく抱きしめて、癖のない髪に頬をぐりぐりこすりつけた。

「ちっさいことでも覚えてくれてるし、仁居さんは意外と尽くす人だよね。見た目はクールなのに情が深いというか、いつも窓辺で俺がくるの待っててくれてるし」

「え?」

「ん? 待っててくれてるんだろう? 俺のこと」

問うと、仁居は急に身体を離した。

「ごめん」

「なにが?」

のぞき込むと、すっと目を逸らされる。

「そういうの、重いよね」

「全然」

国立は首を横に振った。

「だったらいいんだけど。あ、じゃあご飯作るよ。国立くんはニーニと遊んでやってて」

仁居は背中を向けた。肩のラインが硬くて、なにか気を悪くさせるようなことを言っただろうかと心配になった。手伝おうかとうかがうように問うと、仁居が振り向いた。

「ありがとう。じゃあグラスや箸《はし》出しておいて」

笑顔にほっとうなずいた。怒ったのではなく、照れていたのかもしれない。

棚から食器を出す。皿、茶碗《ちゃわん》、箸、以前は一組だけだったものが、いつの間にか二組に増えていた。買っておいたよと仁居は言わない。気がついたときには揃っていた。そういうさりげないところも愛しく思う。

昼食はおいしかったけれど、制作途中、フライパンに素麺が張りついてあわやダンゴになりかけた。国立が張りつかないよう素麺をかき混ぜ、仁居が調味料を入れるという二人羽織《ににんばおり》でなんとかしのぎ、できあがったときはふたりして安堵の溜息をついた。

「今度から、ソーミンチャンプルを作るときは俺を呼んで」

「そうするよ。簡単なんて言った自分を反省します」

ふたりで笑い合い、ふたりで食事をし、ふたりで後片づけをして、居間に寝転ぶと眠気がやってきた。

「最近、飯食べたあとやたら眠いんだよなあ」

「少し寝れば。国立くん、新年度入ってずっと夜遅いだろう」

「四月はいろいろ気忙《きぜわ》しいから」

気持ちよさに任せて目を閉じるが、ニーニが邪魔しにやってきた。仰向けに寝ている国立のおでこにちょこんと前足をのせたり、顔をこすりつけてくる。

「ニーニ、やめろ。くすぐったい」

顔を手で覆って丸まっていると、こっちおいでと仁居がニーニを抱き上げた。

「国立くんは疲れてるから、少し寝かせてあげようね」

仁居はニーニを胸に抱き、窓辺の椅子に腰かけた。

明るすぎない、東向きの古びた部屋。大きな窓の向こうには春の川べりの風景が広がっていて、片膝を立てた姿勢で白い子猫を抱いている仁居は一枚の絵のように美しい。

――俺は、誰かを好きになるのはもうやめようと思ってる。

――いつも失敗するから。

拒絶の言葉だったのに、あれは逆に国立の気持ちをますます仁居に引き寄せた。

あのとき、ひどく仁居を近くに感じた。

恋人としてつきあってみても、仁居が言う『失敗』はまだ見えない。今までふられてばかりと言っていたが、理由がわからない。なにげない言葉を覚えて昼食を作ってくれたり、窓辺で自分がくるのを待ってくれたり、正直、これほどかわいい人だとは思っていなかった。

開け放された窓から四月の川風が吹き込んで、仁居の前髪をふわりと巻き上げる。飾り気のない白いシャツがふくらんで、ほっそりとしたうなじや鎖骨《さこつ》を際立たせる。一瞬のシーンに心を奪われる。美しいとかわいいが両立している人を、国立は初めて見た。

「寝ないの？」

ぼんやり見とれていると、仁居がこちらを見た。

「寝ようと思ってたけど、かわいいなあと思って」

仁居は首をかしげたが、ああ、とうなずいて胸に抱いたニーニの頭をなでた。

「ニーニ、国立くんがかわいいって」

国立は口元だけで笑った。

——仁居さんのことだよ。

そう言いかけたけれど、言わなかった。

仁居がかなりの照れ屋なことは、なんとなくわかってきた。褒められることや感謝されることに慣れていない。声を荒らげたり、誰かを悪しざまに言うのも聞いたことがない。ぱっと見は冷たげだが、親しくつきあってみると愛情深い。国立から見ると完璧に近いのに、それを少しも鼻にかけないどころか、ときに痛々《いたいた》しいほど控えめだ。

仁居の中にも、自分とは種類のちがうかたくななものがあり、それが仁居の印象を魅力なものにも、アンバランスなものにもしている。頻繁に会っているし、大事に思ってくれていることも伝わってくる。なのに、どこか薄膜をはさんだようなもどかしさを感じるときもある。

今まで、仁居が住んだ部屋はみな川べりだと言う。理由を聞いたら、なんとなくと曖昧な答えが返ってきた。荷物の少ない簡素な部屋。ものは増やしたくないのだと仁居は言う。その理由もなんとなくだと言っていた。

家族とは折り合いが悪いと聞いていたが、幼いころに両親が亡くなっていたのだと、つきあいはじめてから知った。そのあとは叔母の家に引き取られ、折り合いが悪いのはそちらの家族のほうだった。さらっと説明されただけで、なにがあったのか詳しくはわからない。

仁居は普段から口数は多くないが、恋人として近しくつきあうようになってからも自分のことはあまり話さない。どこまで踏み込んでいいのか国立も迷うときがある。

近づきたいのに、近づけないもどかしさ。

けれどそれは、自分に原因があるのだと思っている。

自分たちは、まだ寝ていない。キスはするが、そこ止まりだ。

恋愛は性行為がすべてじゃない。けれどそれも大事なひとつであって、それを飛ばして進行させることは自分たちの年齢では難しく、国立はいつもここでつまずく。

快楽への欲求は普通にある。けれど行為の最中、ふと中学生だった妹の泣き顔が脳裏《のうり》をよぎるともう駄目になる。なにがきっかけで思い出すのか、よくわからない。

思い出さないように努力をしたけれど、それは結局、自分が囚われているものを強烈に意識することにつながってしまう。そうして行為の回数は少なくなって、そのことが原因で今までの恋人とずいぶん言い争った。

セックスが原因の諍いは、金でのそれと同じくらい愛を冷やす。求めに応えられないことは男としてひどくみじめなことだったし、どうしてこんなことで言い争わなくちゃいけないいんだと、自分たちがひどく下世話な人間のような気がしてうんざりした。

言われる国立がそうなのだから、言う相手はもっと嫌な思いをしたはずだ。突き詰めれば抱いてほしいと乞《こ》わねばならない屈辱、羞恥《しゅうち》。話し合うほど自尊心を傷つけられ、お互いに負荷《ふか》の大きな別れ方を繰り返してきた。

国立の事情を知っている仁居は、その問題をさりげなく流してくれている。国立の家にきても泊まっていくことはない。頃合いになると、そろそろ帰るよと仁居のほうから切り上げてくれる。なにも言わず、おやすみと帰っていく背中を見るたび、申し訳なさと焦りが湧く。

今はよくても、いつまでもこんな状態が続けば仁居も離れていくだろう。

それは嫌だ。

仁居とだけは、今までのような失敗を繰り返したくない。

性犯罪は、人として当たり前に持てるはずの愛情や恋情、歓《よろこ》びという感情に一生の重りをくくりつける。思い出すとじわりと黒い染みが胸に広がり、やめろ、と軽く頭を振った。怒りは消えないけれど、これ以上、理不尽な暴力に自分の人生を壊されるのはまっぴらだ。

自分を痛めつけるものよりも、安らがせるものに意識を向けた。

窓辺に座ったまま、仁居は飽きずに風景を眺めている。

国立はその姿をうつらうつら眺めた。河川敷で遊ぶ子供の声がかすかに聞こえる。明るすぎない東向きのこの部屋は、静かな仁居によく似ている。

今度タイミングを見計らって、旅行に誘ってみよう。どうかうまくいきますようにと息をひそめて祈っている。恋をするとき、自分の中にはいつも高揚と怯えが生まれる。

今度こそ、どうか失敗しませんように。

そんなことを考えながら、午後のまどろみに落ちた。


仕事帰りに立ち寄った本屋で旅行雑誌を買った。海も山も楽しめるポピュラーなものと、離島や全国の穴場が載っているマニアックなものと二冊買った。

最初はポピュラーなものだけをレジに持っていったのだが、思い立ってぶらりと宗谷にいくような人だから、少し変わった場所のほうがいいかもと売り場にUターンした。張り切っている自分を恥ずかしく思いながら、とりあえず特別感が出ないよう、さりげなく話そうと考えていた。まさか断られることはないだろうから、気楽に、気楽に——。

「いいよ、旅行なんて」

国立の提案はあっけなく断られた。

「え、なんで？」

国立はまばたきで問い返した。

「新年度だし、国立くんも忙しいだろう」

「そりゃあ暇じゃないけど、休みがないほどではないし」

「うん、でも無理していかなくても。いろいろ落ち着いてからでいいと思う」

仁居はニーニに猫じゃらしをけしかけながら、なんでもないことのように答えた。

「もしかして、寝坊したの怒ってる？」

今日は土曜で、昼食を一緒に食べる約束をしていた。けれど昨日は一学期の授業計画の見直しをしていて寝るのが遅くなり、起きたら約束の時間をすぎていた。

「まさか、そんなことで」

仁居は驚いたようにこちらを見た。嘘ではなさそうだった。

「……だったらいいんだけど」

国立はうつむきがちに首筋をいじった。どうしよう。まさか断られるとは思わなかった。今の状況で旅行に誘うということがなにを意味しているのか、仁居だってわかっているはずだ。鞄の中に入れてきた旅行雑誌も出すに出せない。

「俺のことなら、別に気を遣わないでいいよ」

仁居がニーニと遊びながら言った。さりげなさすぎて、逆にタイミングを計っていたことが透けて見えてしまうような言い方だった。

そうして気づいた。自分がさりげなく旅行の話を切り出したときも、同じようにタイミングを計っていたことがばれていたんだろう。人は他人のことはよく見える。

「仁居さんこそ、俺に気を遣ってくれなくていいんだけど」

「なにが？」

仁居が首をかしげる。

「俺に気を遣って、そういうことしないでおこうって思ってるなら」

「そんなんじゃないよ」

仁居は笑って、また猫じゃらしでニーニと遊びはじめた。『きみがなんの話をしているのかわかりません』というふりをしている。ニーニが後足で立ち上がって、猫じゃらしに連続パンチを入れる。なんとなくふたりでそれを眺めた。

「仁居さん」

「うん？」

「ちょっと話をしようか」

「なんの？」

仁居はこちらを見ずに、ニーニとの遊びに熱中しているふうを装う。

「俺から苦手だって言っておいてなんだけど、つき合っていくなら大事なことだし、誤解ですれちがって駄目になるのはもう嫌だから、このあたりでちゃんと話がしたい……というか」

語尾が尻すぼみになったのは、仁居がこちらを見たからだ。この件に関して、仁居が背負うべきものはなにもない。そっちの都合でなにを勝手なことを、我慢しているのはこっちだと、さすがに温和《おんわ》な仁居も怒って当然だ。国立は覚悟を決めて仁居の言葉を待った。

「ひとつ聞いてもいい？」

「もちろん。いくつでも、なんでも聞いて」

できるかぎりの誠実さで応えようと、国立はうなずいた。

「国立くん、今までの人と、それ以外のことが原因で駄目になったことはある？」

予想外の問いで、国立は少し考えた。

「それは……ないかな」

「じゃあ、全部それが原因で別れたんだ？」

「うん、そうなる」

「じゃあ、それが国立くんの唯一の問題なのか」

「いや、駄目なところは他にもたくさんあるけど」

「国立くん、俺はね」

「はい」

緊張で思わず肩に力が入った。

「俺は、あんまり深くまで踏み込むつもりはないから」

「え？」

「俺は国立くんが嫌だと思ってることはしたくないし、痛いところにさわろうとも思ってない。国立くんとは、楽しいと思うことだけをしてつきあっていきたい」

意味をつかみあぐねて、国立はまばたきを繰り返した。

仁居の言葉は良い意味にも受け取れるし、悪い意味にも受け取れる。自分次第で答えが変わってしまうものを、思い込みだけで判断するのは避けたかった。

「仁居先生は、俺とのことは本気じゃないの？」

「え？」

今度は仁居がまばたきをした。それから慌てて首を横に振る。

「ごめん。言い方が悪かった。えっと、なんて言えばいいのかな。つまり国立くんは今までの恋人と、国立くんにとってつらいことをしようとして駄目になったんだろう？」

仁居はすごく気を遣った言い方をしてくれた。

「俺は、国立くんと駄目になりたくない」

仁居の目も口調も真摯《しんし》で、嘘の気配はないように思える。

「俺もだよ」

「じゃあ、無理に嫌なことをしなくていいんじゃないかな」

ふっとパラドックスに陥《おちい》った。仁居の言うことは数式みたいに明快だ。こうして、ああして、こうなる。正しい道筋を辿《たど》って出た結論が、あきらかに間違っているという矛盾。

「ちょっと待って。少し考える」

国立はうつむき、言われたことを頭の中で整理しようと努めた。

「あの、誤解しないでほしいんだけど、国立くんがどうこうじゃなくて、俺自身があんまり恋愛にはのめり込みたくないんだ。だから、国立くんもあんまりいろいろ悩まないでほしい」

そう言われても納得できなくて、国立は仁居を見つめた。

「国立くんがそれをしたいと思ったらすればいいし、気が進まないならしなくていい。国立くんのしたいようにすればいい。それをしないからといってつきあいが終わることはないし、少なくとも俺のほうから、そのことに対して不服を申し立てることはないから」

国立は仁居の言葉を消化しようとした。パラドックスを解く鍵《かぎ》を探すように、ひとつひとつ、きちんと自分の中に取り込んでいくよう努力した。けれど駄目だった。

仁居の話は、筋が通っているようで通っていない。片方だけの意思だけで進んでいって、それで不都合がないなんて、まともな恋人同士とは思えない。

じゃあ、どうしたいのか問われると答えが出てこない。性行為が完全にできないなら別の対処もあるのに、ルーレットゲームみたいに、できるできないがランダムにやってくる。

行為の最中、ふと過去の記憶がよぎる。スピードを上げている最中に急ブレーキを踏んだような感覚に、組み上げていた快感がばらりとほどける。待っている相手の前で萎《な》えてしまったものを回復させようと努力する時間は、男として情けなさと屈辱と申し訳なさの三重苦だ。

なにがきっかけでそうなるのか、法則性がないので国立自身もどうしていいのかわからない。そんな混乱に仁居を引きずり込むことは避けたい。

だったら、仁居の言うことが正しいんだろうか。

お互いの痛いところにはさわらずに、それ以外の楽しいことを共有していけばいい。寝る寝ないが恋愛のすべてではないし、実際、悩みばかりにウェイトを置いていたら関係は破綻《はたん》する。そのことを嫌というほど自分は知っている。

「……国立くん?」

遠慮がちに呼ばれ、あ、と我に返った。

「ごめん、いろいろ考えてた」

「なにを?」

「うん、なんていうか、ちょっとゆっくり考えてみようと」

恋愛において国立が一番のハードルだと悩んでいることを、仁居はあっさり飛び越えてくれた。仁居はこれ以上なく自分にぴったりの恋人だ。

なのに、この晴れなさはなんだろう。

「国立くん」

「ん?」

「夕飯、どうする?」

「え?」

こんなときにと思ったが、すぐに気づいた。

仁居の問いかけは、帰らないでほしい、という別の言い方だった。

仁居はうつむきがちに黙り込んでいる。髪のかかった首筋のラインは頼りなげで、恋愛にのめり込みたくないとか、楽しいことだけをしてつき合っていきたいなんて、聞き方によってはひどくドライなことを言った男と同一人物とは思えない。

「一緒に食べるよ。決まってるだろう」

国立は立ち上がり、仁居をうしろから抱きしめた。

「仁居さん、なにが食べたい?」

清潔な香りのする髪に鼻先をうずめると、仁居の身体からこわばりが抜けていった。

「国立くんの食べたいものでいいよ」

「俺は仁居さんが食べたいものが食べたい」

「でも国立くん、いつもあれ食べたい、これ食べたいって言うし」

「人を食いしん坊みたいに言うなよ」

抱きしめたまま大きく揺らすと、仁居は楽しそうに笑った。

「でもお言葉に甘えるなら、今夜はお好み焼きが食べたいかな」

そう言ってから思い出した。おとつい仁居に電話をしたとき、仁居は学習塾の同僚とお好み焼き屋で食事中だった。取り下げようとする前に、いいよ、と仁居が言った。

「え、いいの？」

「自分が食べたいって言ったんだろう？」

「いや、よく考えたら仁居さんおとついも食べたなって思い出して」

「ああ、うん、でもまあいいかって」

些細《ささい》なことだった。夕飯になにを食べるかなんてことは本当に些細な——。けれど積み重なったなにかが、魚の小骨みたいにわずかに喉にひっかかったように感じた。

夕飯はお好み焼きではなく、駅裏の居酒屋へいった。昼間の違和感はとりあえず横に置き、仕事のことやニーニのこと、たわいないことを話して、店を出ると八時すぎだった。

いつもなら二軒目かどちらかの部屋にいく時間だったけれど、

「今夜は帰るよ」

そう言うと、仁居がこちらを見た。目が戸惑っている。

引きとめてほしいと思った。

もう一軒いこうよと軽く言ってほしい。そんなの些細なことだ。

ひそかに願う国立に、仁居がなにか言おうと口を開く。どこか不安そうな表情は、けれど途中であたりさわりのない笑顔に変わってしまった。

「うん、わかった」

仁居はこくりとうなずき、家に向かって歩き出した。風があたたかいねとか、今年の夏は暑いのかなとか、普段口数の少ない仁居にしては珍しく、どうでもいいことをぽつぽつ話している。なんだか沈黙に怯えているようで、けれど別れ際はいつもの笑顔だった。

「じゃあ、おやすみ」

橋の手前で、仁居は小さく手を振って背を向けた。仁居が好んで着る白いシャツが、夜の中に小さくなっていく。いつもなら一度は振り返るところを、仁居は振り返らなかった。

自分も家へと歩いていきながら、すでに後悔が生まれていた。気にしていないふりで、やはり昼間のことを気にしていた。まだ一緒にいたいと仁居に言わせることで、仁居との関係が一方通行ではないことを証明したかったのだ。

勝手だな、と思った。元はといえば自分の問題から派生したことだ。同じ失敗はしたくないと言いながら、いつの間にか仁居に負担をかけている。こういうことが積み重なって、ある日いきなり大きな裂け目ができていることに気づくのだ。

立ち止まり、向こう岸を振り返った。もう仁居の姿は見えなかった。なにも言わず、笑って帰っていったうしろ姿を思い出すと罪悪感がふくらんで、国立はきた道を駆け戻った。

川べりを走り、仁居のアパートを見上げた。仁居の部屋の窓は真っ暗だ。もう帰っているはずなのにおかしいなと携帯を出したとき、窓が開いて仁居が現れた。

声をかけようとしたが、できなかった。

仁居はいつものように窓辺の椅子に座り、けれど灯りはつけず、暗い部屋の中から川べりの風景を見ている。夜で川面は見えないのに、見えないものを見ている。無表情というより、からっぽな感じだった。

季節外れの大雨が降ったあの日も、仁居は窓辺で外を眺めていた。あの日は異常な天気で、仁居が窓から外を眺めていることに違和感はなかった。けれど今夜はちがう。いつものおだやかさをかなぐり捨てた、むきだしの孤独さは手がつけられないほどに見えた。

仁居の手にはグラスがある。透明な液体はウオッカだろうか。いつも冷凍庫に入っているけれど、飲んでいるのを見たことはなかった。初めて見たとき、かなり強い酒を飲むんだなと意外に思った。

ゆっくりと口にふくみ、ふっと溜息をついて、仁居は立て膝に顔を伏せた。背中を丸め、暗闇の中でじっと動かない仁居は怪我をした動物みたいに見える。

昼間から続いている違和感が、急激にふくらんでいく。

仁居恭明《やすあき》という人は、一体どういう人なんだろう。

自分は仁居を知っていると思っていた。

おだやかで、愛情深く、控えめな人。

けれど氷山みたいに、見えているのはほんの一部分で、その下には自分の知らない別の仁居がいるような気がする。それを知りたいような、知るのが怖いような気持ちになった。


翌週、仁居とは一度だけ電話で話した。定期テストの準備で今週は忙しいと言ったら、がんばってと言われた。土曜日の約束をして電話を切り、それ以外はメールもしなかった。

週末の金曜、なじみのバーテンがいるゲイバーに顔を出した。たまには顔を見せろと営業みたいなメールが入ったので暇なのかと思ったが、店内はほどよく混み合っている。

「で、つまり、国立くんはのろけてるってことでＯＫ？」

カウンターの向こうで、天見《あまみ》がグラスを磨きながら首をかしげる。

「俺は真剣に悩んでるんだけど」

国立は仏頂面《ぶっちょうづら》で空《から》のビールグラスを押し出した。

「けど、国立くんがいく日は窓んとこで待っててくれるんだろう？」

「うん」

「国立くんが好きなソーメンなんとか作ってくれてるのに、国立くんがコンビニ弁当買ってったらそっち優先してくれるんだろう？」

「うん」

「お好み焼き食ったばっかなのに、国立くんが食べたいって言ったらいいよって合わせてくれるんだろう?」

「うん」

「まだ一緒にいたいのに、国立くんが帰ろうって言ったら文句も言わずに帰るんだろう?」

「うん」

天見がサーバーから新しいビールを注いで国立の前に置く。

「重たいくらい愛されてんじゃん。なにが不満なの」

「……不満というか、もっとわがままを言ってほしいというか」

「ああ、そっち。守ってあげたい系なんだ」

「どうかなあ。ぱっと見た感じは冷たそうなんだけど、つきあってみると情が深くて、でも恋愛にのめり込みたくない、楽しいことだけをしてつき合っていきたいとか言われるし」

「遊び人?」

「逆。色事は地味な感じ」

「よくわかんない人だね」

「だから悩んでるんだよ」

「なるほど」

ふたりでうなずきあったとき、

「遥《はるか》のこと振り回して楽しんでるんじゃないの？」

ふいに割り込んできた声に、国立はぎょっと振り向いた。

「ひさしぶり」

観葉植物にかくれたボックス席から、少し前までつきあっていた司《つかさ》が顔を出した。マンションで仁居と鉢合わせしたときのことを思い出し、国立は思わず周りを見回した。どうして司がここにと戸惑っていると、「国立くん、ごめん」と天見に拝まれた。

「ちょっと呼び出してほしいって司から頼まれちゃって」

「それでか。営業メールなんて珍しいと思ったんだ」

国立はバツの悪い思いで司を見た。

「用事があるなら、俺に連絡すればいいだろう」

「連絡先消したから」

「天見くんに聞けばいいだろう」

「別れた男に自分から電話するなんて、もう金輪際《こんりんざい》嫌だよ」

司が国立の隣に移動してくる。

天見はごゆっくり……と向こうに逃げていった。

「きてたんなら声かけろよ。盗み聞きなんて趣味悪いぞ」

「そのつもりだったけど、いきなりのろけ話がはじまったから」

国立はますますバツが悪くなった。

「で、今日はなんだった」

問うと、紙袋を渡された。中には本やCDや歯ブラシ、下着まで入っている。

「それと、これも返す」

カウンターに鎖《くさり》の通されたプラチナリングが置かれた。つきあっていたときに司にねだられて買ったもので、内側にH&Tとお互いのイニシャルが入っている。返されても困るが、余計なことは言わずに黙ってポケットにしまった。

「新しい人とうまくいってないの？」

「いや、別に」

「すごく綺麗な人だったね」

微妙に棘のある言い方に、国立はうつむきがちにビールを飲んだ。

「遥が振り回されてるなんて楽しいね」

「なんだよ、それ」

「つきあってたときは、散々苦労させられたから」

「どうもすみませんでした」

国立は無抵抗で頭を下げた。ふっと司の表情がゆるむ。

「嘘だよ。あんまりラブラブだから腹立っただけ」

ラブラブ……と心の中で繰り返した。自分は仁居を好きだし、仁居からも好かれていると思う。なのに仁居がどんな男なのか、最後のところでつかみきれない。すべてを見せてもらっている気がしない。別にすべてを見せ合う必要はないのだけれど、好きだからもどかしい。振り回されている、と言うならそうかもしれない。

「あの人となら、遥はちゃんとできるのかな」

なんのことを言われているのかわかるので、なにも答えられない。

この件について、司と死ぬほど言い争いをしたことを思い出す。司には妹のことは打ち明けていなかった。二年もつき合っていて、何度も打ち明けようと思ったけれど、なぜか言えなかった。そう考えると、つき合う前の仁居に打ち明けられたことがつくづく不思議だった。

「でも俺は、そういうタイプは嫌いだな」

司はおもしろくなさそうに言った。

「話聞いてて、遥が大事にされてる気がしなかった。印象がばらばらな人って、俺の経験からいうと心を開いてないんだよ。かくそうとするから、いちいち不自然になる」

「かくすってなにを」

「俺に聞かないでくれる?」

むっとされ、ごめんと謝った。

「もういい。遥がすごくあの人に惚《ほ》れてるのはわかった」

司は残っていたビールを一気に飲み、財布《さいふ》から札を抜いてカウンターに置いた。

「でも、あの人と遥、うまくいかないと思う」

切り捨てるように言うと、国立の返事を待たずに司は店から出ていった。


司が帰ったあと、つい飲みすぎて酔《よ》ってしまった。

――あの人と遥、うまくいかないと思う。

そんなことないだろうと内心で言い返す。

でも、そんなふうに見えるのかなと気弱になる。

酔った頭で反芻《はんすう》しているうちに駅に着き、気がつくと橋を通りすぎて川べりを歩いていた。

仁居のアパートが見えてくる。仁居の部屋の窓は暗い。まだ帰っていないんだろうか。

静かに近くまでいくと、闇の中、窓は開いていた。

仁居は灯りのついていない部屋の窓辺に座っている。先日とちがうのは、仁居の胸に白い影が抱かれていることだ。ニーニの小さな頭に仁居が頬を寄せる。あたたかいものを求めるような頬ずりに、にぃ…と細い鳴き声が混じる。ひどくさびしい、胸にくる光景だった。

「……仁居さん」

小さく呼ぶと、仁居の肩がぴくりと揺れた。続けて、にぃ、にぃ、にぃと激しくニーニが鳴きはじめる。仁居があたりを見回し、それから窓の下を見た。

「国立くん？」

「ごめん、急に会いたくなって」

見上げていると、足元がふらついた。

「酔ってる？」

「うん、バーで友達と会って、ちょっと飲みすぎた」

——あの人と遥、うまくいかないと思う。

司の言葉が頭から離れない。

「部屋、いっていい？」

問うと、ニーニを胸に抱いたまま仁居が立ち上がった。

「きて」

二階の窓から伸びてくる手。国立の元まで届くはずがなく、それは差し出されるというより、囚《とら》われの人が助けを求めているように見えた。

「すぐにいくよ」

国立は建物の前に回り、駆け足で仁居の部屋へいった。ノブに手をかけたと同時に内側から開き、玄関に立つ仁居を抱きしめた。以前も似たようなことがあった。でも気持ちは以前よりもふくらんでいる。仁居の頭ごと抱きしめ、鼻先を髪にこすりつけた。

ニーニが後足で立ち上がり、国立のパンツの裾《すそ》に爪を立ててじゃれている。

「いきなりごめん」

そう言うと、腕の中で仁居が首を振った。

「国立くん、怒ってると思ってた」

「怒る？」

「このあいだ俺が変なこと言ったから」

「そんなことないよ。このあいだのことは恋愛観の相違っていうか、どっちが悪いってことじゃない。ああ、ちがう。元々は俺のあれこれが原因だから俺が悪い」

仁居は足りない自分を受け入れてくれただけで、なにも悪くない。

「でも夕飯食べたらすぐに帰ったし」

「ごめん。あれはなんていうか、ちょっと……」

言い淀むと、仁居が国立を見上げた。

「その、もう少し一緒にいたいって言ってもらいたかっただけなんだ」

口にすると、ひどく子供じみた欲求で恥ずかしくなった。

仁居も怪訝そうに首をかしげている。

「仁居さんはいつも俺に合わせてくれるから、もっとわがままを言ってほしいなと思ったんだ。

もっとこうしてほしいとか、ああしてほしいとか言ってもらいたくて」

　すると、仁居はほっとしたように表情をゆるめた。

「国立くんに注文なんてないよ」

「あるはずだ。俺みたいなやつに」

　こんな足りない男相手に――。

「本当にないんだ。俺は今の国立くんになんの不満もない」

　仁居が国立のジャケットの胸に顔をうずめてくる。普段さらりとしている仁居が甘えてくるのは珍しくて、それだけでわだかまっていたものがほどけていく。

「仁居さん、俺のこと好き？」

　思春期の高校生みたいな質問だった。

「好きだよ」

　すぐに答えが返ってくる。迷いのなさが嬉しかった。

「どれくらい？」

　のぞき込むと、仁居は照れたように目を伏せた。ねえ、どれくらいと仁居を揺すりながらしつこく聞いた。うつむいたままの仁居の耳がみるみる真《ま》っ赤《か》に染まっていく。

「す、すごくだよ」

　詰まりながら、仁居はなんとかそれだけ言った。

「俺はもっと好きだ」

そう言うと、仁居は耐え切れなくなったように国立のシャツに顔をうずめた。

たまらない気持ちになって、強引に上向かせてくちづけた。

今までになく高揚している。もっと仁居のことを知りたい。近づきたい。甘さと苦みが同時に押し寄せてきて息苦しい。こんな気持ちは初めてで、抱きしめる腕に力がこもっていく。

「泊まっていってもいい？」

それは別のことの了承を求める問いで、仁居はすぐには返事をしなかった。

「国立くん、俺は無理には……」

「本当にそうしたいんだ」

今までのように、不毛な諍いの末に仁居を失うことが怖かった。なのに今は普通の男のようにこらえきれない衝動だけがある。仁居を抱きかかえるように部屋に入った。

「国立くん？」

戸惑う仁居を連れて寝室に向かった。仁居の部屋で会うようになっても足を踏み入れたことのない場所だ。ふたりでベッドにもつれ込み、くちづけをかわしながらジャケットを脱ぎ捨てた。

「国立くん、待って。ニーニが……」

焦ったつぶやきで、ベッドの下でニーニが激しく鳴いていることに気づいた。いつもとちがうふたりの様子に怯えているようで、国立はわずかに冷静さを取り戻した。

「向こう連れていくから、少し待ってて」

仁居の頬にくちづけ、国立はベッドから下りてニーニを抱き上げた。

「ニーニ、自分の寝床にいこうな」

怖がるニーニの頭をなで、ハウスに入れてから寝室に戻ると、ベッド下に置いてあるランプがついていた。仁居はベッドに腰かけ、じっと自分の手のひらを見ている。

「仁居さん？」

「……あ、これベッドに落ちてた。国立くんのだろう」

差し出されたのは、鎖の通ったイニシャル入りのプラチナリングだった。脱ぎ捨てたジャケットのポケットから落ちたらしい。紙袋は天見に捨ててくれと頼んできたが、リングは入れっぱなしだった。国立は焦ってネックレスを受け取った。

「仁居さん、ごめん。バーで会った友達っていうのは――」

「いいよ」

「え？」

「国立くんを信じてるから」

仁居はうつむきがちに笑った。

「いや、でも」

「それともなにかあった？」

仁居が顔を上げる。真顔の問いにどきりとした。

「なにもない。向こうに置きっぱなしだったものを受け取っただけだ」

「うん、じゃあ、もうこの話はおしまい」

仁居は立ち上がった。

「酔い覚ましにコーヒーでも淹れようか」

「仁居さん、待って」

抱きしめようと手を伸ばすと、さりげなく避けられた。

「コーヒー淹れるよ」

やわらかな、しかし明確な拒絶を感じた。

「ごめん」

謝ったが、仁居は聞こえないふりで台所にいってしまった。

国立が司と会っていたと知って、仁居は怒っている。当然だ。それはちゃんと国立にも理解できる反応で、そのことに焦りながらも安堵している自分が不思議だった。

「本当に浮気なんてしてないからね」

シンクの前に立ち、コーヒーフィルターを丁寧に折っている仁居に言った。仁居はフィルターをドリッパーにセットし、コーヒー豆を入れながら、うん、とだけ答えた。

「俺は仁居さんが好きだから」

うしろから抱きしめると、仁居はまた、うん、とうなずいた。声高にののしられるより、じっと我慢されるほうが胸にくる。本当にごめんなさい、という気分になる。

「仁居さん、もっと怒ってくれていいよ。お詫《わ》びに土下座《どげざ》しろとか、なにかおごれとか、アホとか、馬鹿とか、自分以外見るなとか、毎日電話しろとか、毎日会いにこいとか」

「それはちょっと危ない人だと思う」

「仁居さんは、それくらいでちょうどいいよ」

そう言うと、やっと仁居は笑ってくれた。

ふれあっている場所から互いの体温がなじんでいく。今までになく盛り上がった夜だったのに、くだらない浮気疑惑でおじゃんになった。なのに一歩進んだように感じている。

もっと怒ってほしい。もっと怒って心の中を見せてほしいなんて——。

仁居とのつきあいは、今までの経験がまったく役に立たない。


梅雨《つゆ》にさしかかり、肌にまとわりつくようなぬるい雨の日が続く。週の半《なか》ば、妹の千夏《ちなつ》から電話があって、今週末、帰ってこないかと誘われた。

『久しぶりに鉄板焼きがしたいなあと思って』

『おう、いいな』

ひとり暮らしだと、大勢で囲むタイプの食事に縁がない。とはいえ、それが千夏の言い訳だともわかっていた。正月や盆の長い休みは兄妹ふたりで過ごす習慣になっているけれど、それ以外で千夏が国立を呼び出すときは、たいがい気持ちが不安定になっているときだ。

その夜、仁居の部屋にいって週末のことを話した。

「妹さんのところに？」

「約束してたのにごめん」

「ゆっくりしてきなよ。俺はニーニと遊んでるから」

仁居は膝の上にニーニをのせ、新しいおもちゃを買いにいこうかと話しかけている。

不平や不満をなにも言わない横顔を眺めながら、今年の盆はどうしようかと考えた。千夏と過ごすことは変えられないけれど、仁居をひとりにするのも嫌なのだ。

盆も正月もどこにも帰らずに、仁居はこの部屋で過ごす。両親が早くに他界し、そのあと引き取られた叔母の家とはいろいろあった。帰るところがないのは千夏も仁居も同じだ。

そういうことを言っても、きっと仁居は自分のことは気にしなくていいよと言うだろう。それがわかっているから、自分がきちんと考えなくてはいけない。

「なるべく早く帰ってくるよ」

「大袈裟だな。週末に帰るだけで」

仁居は小さく笑った。

「うん。でも、早く帰ってこようと思ったから」

頬を軽くつねって引っ張った。

「なにするんだよ」

「意外とやわらかいな。餅みたい」

おもしろいのでむにむに引っ張っていると、やめなさいと手を払われた。

「ニーニ、あっちいこう」

ニーニを抱きあげ、仁居は窓辺に逃げていく。

「ごめん、謝るから戻ってきて」

お願いすると、仁居は片膝を立てた行儀の悪い姿勢で椅子に腰かけ、「どうする?」とニーニに問いかける。うつむきがち、細くて長いうなじのラインが綺麗で見とれた。

美しいそこにくちづけたい。

自分がいない間、誰にもさらわれないよう、自分のしるしをつけておきたい。

開け放しの窓から夜風が吹き込んで、六月の雨の匂いが部屋に満ちる。おだやかに過ぎていく時間の中で、ゆっくりと、確実に深まっていく気持ちを感じていた。

週末は八王子の千夏のマンションで過ごした。

正月に会って以来、半年ぶりだが千夏の見た目は変わらない。肩口で切りそろえられた清潔なワンレングスのボブ。あまり陽に当たらないので肌が抜けるように白く、薄赤いリップクリームだけの化粧《けしょう》がかえって透明感を際立たせている。

「魚、海老、肉、ソーセージまではわかるけど、なんで春巻きの皮？」

スーパーのかごに入れられた食材に、国立は首をひねった。

「とろけるチーズと大葉を巻いて焼くの。パリパリしてておいしいよ」

それはちょっと食べてみたい。おとなしくなった国立と並んで、千夏はスーパーの売り場を回っていく。休日なので家族連れが多く、すれちがった子連れの男がちらりと千夏を見た。千夏はそういう視線をなるべく視界に入れないようにしている。

「ちょっと買いすぎた。重い」

帰り道、千夏がスーパーの袋を手に顔をしかめる。

「スイカがとどめだったな。こんな食えるのか？」

「おにいちゃんなら処理できるよ」

「人をゴミ収集車みたいに言うな」

くだらないことを話す中、ふと横断歩道の向こう側に立つ男に目がとまった。

——仁居さん？

ほっそりとした立ち姿に目を奪われた。

けれどやはり見間違いで、苦笑いが浮かんだ。

最近こういうことが多い。心の一部を持っていかれたように、いつも目の端で仁居を探している。中学生みたいな自分が恥ずかしい。でも悪い気分じゃない。

千夏のマンションに帰ると、エントランスで住人の男性とすれちがった。男性はこんにちはと頭を下げる。千夏はうつむいて会釈をする。ワンレングスの髪がたれて千夏の顔を隠す。

中学のときから、千夏は前髪を作ったことがない。男の人に顔を見られたくないと聞いたことがある。千夏を形作るさまざまなものが、今もあのことにつながっている。

夕飯のあと、国立はリビングに大の字で寝転んだ。

「おにいちゃん、牛になるよ」

「腹が限界なんだよ。苦しすぎて起き上がれん」

まさか鉄板焼きの他に、ちらし寿司《ずし》だの煮物だのが出てくるとは思わなかった。

「デザートにチーズケーキ焼いたんだけど」

「勘弁しろ」

口元を手で押さえると、千夏は笑って消化にいいというハーブティを淹れてくれた。ゆっくり時間をかけて飲みながら、「で?」と聞いた。千夏が首をかしげる。

「なにか話があったんじゃないのか」

「……ああ、うん」

千夏はうつむきがちに髪先にふれた。困るとする仕草。

「この間、おかあさんから電話があって」

「うん」

「最近どうとか、ちゃんとご飯食べてるのとか、仕事がんばってるかとか」

「うん」

「お盆、久しぶりに帰ってこないかって」

「あー……」

国立も意味なく髪に手をやった。雑にかき回す。

「わかった。俺から言っとくわ」

「ごめんなさい」

「いい、いい、気にすんな」

しかしなんともいえない目で見つめられた。

「おにいちゃん、いっつもわたしとおかあさんの板ばさみだね」

「そんなこと思ってない」

千夏が味わった苦しみに比べたら——。国立はカップに残った茶を飲み干した。

「ありがとう、おにいちゃん」

千夏は小さく頭を下げ、新しいの淹れてくると台所へいった。

あの出来事は、千夏の異性との関係を破壊し、一緒に母親との絆も切った。あの男が母親の恋人だったということに加えて、あの日、国立から話を聞いた母親の第一声。

——まさかあの人が。嘘でしょう。

思わず出ただけで、悪気があったわけではないと思う。けれど言葉は刃物になって、千夏と母親をつないでいた糸を切ってしまった。

あのあと千夏は女子高に進学し、卒業後は通信教育で在宅でもできる仕事の資格を取りまくった。外に出なくても自活できる術を得ようと必死だったのだ。

そんなマイナスな努力より、社会に出る努力をしてはどうかと母親が助言をしたが、それは千夏と母親を余計に遠ざけた。母親は正しかったし、それは千夏もわかっていた。それでも正しさだけでは届かないものがある。あのときの千夏には、時間と納得が必要だった。

国立が大学進学をきっかけにひとり暮らしをはじめたとき、母親とふたりにしないでくれと千夏に頼まれ、兄妹ふたりで暮らすようになった。けれどいい年の妹が兄にくっついていることを気にしていて、千夏は仕事で稼げるようになるとすぐにひとり暮らしをはじめた。

——これ以上、おにいちゃんに迷惑かけられないよ。

現在、千夏は自宅で校正の仕事をしている。二十四歳になったけれど異性とつきあったことはないし、女友達は中学と高校時代の何人かがいるだけだ。在宅仕事なので基本ずっと家にいて、出かけるのは近所のスーパーや図書館くらい。誰とも話さない日も多いらしい。

千夏は好きでそんな暮らしをしているわけじゃない。

だから、たまにはぱっと遊びにいってこいよと国立は言わない。

代わりに、長い休みは千夏と過ごす。たまには自分と過ごしてほしいと恋人に頼まれても、それだけは譲らなかった。シスコンとなじられたときだけは本気で怒った。相手ではなく、自分に対しての怒りだ。ひとつ屋根の下にいながら千夏を守れなかった自分への。

戻ってきた千夏が、新しい茶を淹れてくれる。いらないと言ったのにチーズケーキもあって、国立は苦笑いで小さなスクエア型のひとつをつまんだ。広がる甘み。

「おまえが話したかったことって、それ?」

「え、うん、まあ」

千夏は目を伏せて髪先にふれた。嘘だとわかる。深追いはしなかった。話そうと思っていても駄目なときもある。千夏が話せるようになったときに話せばいい。自分は待つ。

「ところでおにいちゃん、今、すごい恋愛してる?」

国立はまばたきをした。

「いきなりなんの話だ」

「スーパーとか帰り道とか、おにいちゃん、急に振り向いたりしてたから」

「それが?」

「誰か探してるみたいだった」

「それだけですごい恋愛？」

「ちがう？」

ちがわない。よく見ているなと内心ひやりとしている。

「いや、まあ、別に」

「どっち？」

「なんだよ急に。どうだっていいだろう」

「うん、まあ、いいんだけど」

千夏は毛足の長いラグに三角座りをした。今まで千夏と恋愛について話をしたことはない。恋愛とは切り離せない性行為。それらをタブーのように感じている。当たり前だがカミングアウトもしていない。けれど今の千夏はなにかもの言いたげで——。

「どうしたんだよ。千夏、なにかあったのか？」

「なにかっていうか……」

千夏は膝を抱えた姿勢のまま、自分の足の爪をじっと見た。千夏はマニキュアやペディキュアをしない。化粧もほとんどしないし、服も髪も素っ気ない。それでも着飾った同い年の女の子よりもずっと美しく見える。身内の贔屓目《ひいきめ》ではない。あんなことがなければ、千夏はどれだけ女性として楽しい時間を送れただろう。千夏が奪われたものを思うと、理不尽《りふじん》さに今でも新たな怒りが湧き上がる。

「なんていうか、参考っていうか、おにいちゃんにしか聞けないし」

「参考ってなんの？」

千夏はさっと目を伏せ、自分の足首をさすりだした。

落ち着きのない様子に、まさかと国立は息を呑んだ。

参考にしたいようななにかがあったのか？　気になる男でもできたのか？　名前は？　年齢は？　どんな男だ？　どこで知り合った？　千夏が話したくなるまで待ったほうがいいんだろうか。でも自分からは言いづらいだろうから、こっちから聞いたほうがいいかもしれない。どう聞こう。さりげなく。さりげなく……。

「おにいちゃんの好きな人はどんな人？」

逆に問われ、思わず「えっ？」と大きな声が出た。

「言いたくないならいいけど」

「いや、言いたくないっていうか」

もごもごとつぶやいた。なんだか立場が逆だなと思いながら、もし千夏に気になる男がいるなら自分は答えるべきだと思った。参考になるかどうかはともかく。

「き、綺麗で優しい人だ」

言葉が詰まってしまい、妹とこういう話をするのはひどく照れるものだと知った。

千夏は、ふうん、と三角座りの膝を抱えて小さくなった。怯えと興味がまじりあった表情は、穴の中から小動物が顔だけ出して外をうかがっているように見える。

「どこで知り合ったの？」

「同じ学校の先生だった」

「校内恋愛？」

「いや、そのときはただの同僚。向こうは非常勤講師で一年で他の学校にいっちゃって、今は進学塾の講師をしている」

男同士だとばれないように注意しながら、問われるまま家が近所だとか、ニーニという白い猫を飼っていることを話した。千夏はふんふんと聞きながら、たまにふっと考え込んでいた。


翌日は昼までゆっくりして、午後から千夏につきあって動物園にいった。ひとりではなかなか出かけられないが、千夏は動物や植物が好きだ。正月は水族館にいった。

「こいつら、夏になったら大変だよなあ」

「ふさふさだしね」

立派なたてがみのライオンを眺めながら、仁居も夏は苦手そうだなと考えた。細くて暑さにも弱そうだし、仁居の部屋の窓辺の夜空には、大三角よりもオリオンが似合う。

「おまえも夏弱いんだから気をつけろよ。夏向きに肉をちゃんと食え」

「おにいちゃんは昔から肉食信仰だよね」

「肉食ってたら人間はなんとかなるんだ」

「コレステロールが心配だから、彼女に野菜料理でも作ってもらってよ」

「ん、ああ、まあ」

口ごもる国立の隣で、千夏はおかしそうに笑った。

夏服を買いたい千夏につきあってショッピングモールにもいった。

「これ、どうかな」

千夏がベージュのワンピースを身体にあてる。いいんじゃないと言ったら、ちゃんと見てと怒られた。けれど千夏が買う服はいつも似たような地味な色目のものばかりだ。

なんとなく仁居の部屋に似ている。午後になると陰る東向きの部屋は、夕方になると透《す》き通った青色で満たされる。仁居が好んで着る白いシャツと、水中に沈んだような室内はよく似合う。ぼんやり思い出していると、ちゃんと見てと千夏にまた叱られた。

外で夕飯を食べたあと、千夏を部屋まで送り届けた。

「じゃあな。なんかあったらいつでも電話しろ」

「ありがとう、いつも面倒くさくてごめん」

「なんもだよ」

「おにいちゃんのおかげで、わたし、外とつながってられるね」

「馬鹿言うな。おまえは自分の力でつながってんだ」

国立は千夏の髪をくしゃりとかき混ぜた。会社勤めをしなくてもいいように、千夏は片っ端から資格を取った。その仕事が好きか嫌いかではなく、人の世話にならず、自力で生きていくために千夏は努力した。なにも卑屈になることなどない。

「風邪とかひくなよ」

うんとうなずく千夏に、じゃあと手を振った。

帰り道、やはり千夏と仁居は似ていると感じた。

うまく言えないけれど、顔かたちではなく受ける印象が。

電車に揺られながら、暗い車窓に仁居の面影を探した。仁居が進学塾勤めになってからゆっくり過ごせるのは週末だけだ。今日は日曜で、次に会えるのは土曜。たった一週間が、一年にも思えてしかたない。果てしのなさにこの場で足踏みしたくなる。

携帯を開いてみたが、仁居からメールなどはなかった。国立が用事があると言った日は絶対に連絡をしてこない。仁居はそういう男だ。良くも悪くも気遣いの塊《かたまり》。

今ごろ、仁居はなにをしているだろう。

古い川べりのアパートの窓辺に腰かけ、ニーニを胸に抱いて、夜にとけた風景を眺めているんだろうか。それはひどくさびしい光景で、けれどひどく美しい光景でもあった。

目を閉じると、会いたくてたまらなくなった。

最寄り駅で降り、一番に仁居に電話をした。
『国立くん？』
二回目のコールでつながり、頬がゆるんだ。
『ただいま。今、帰ってきた』
『おかえり』
嬉しそうな声。けれど少しかすれているように感じた。
『声、なんか変だね。風邪気味？』
『ううん、そんなことないよ』
ごく普通の受け答えだったので、勘違いかと受け流した。
『これからいってもいい？』
『え？』
『急に仁居さんに会いたくなった』
『国立くん、こないだもそんなこと言ってたね』
電話越し、仁居独特のひそやかな笑い方が伝わってくる。

『今、駅だから、十分くらいで着くよ』

『あ、ごめん。今夜はどうしても仕上げないといけない仕事があって』

『え、あ、そうなんだ』

『……ごめん』

『いいよ。俺が急に言ったんだし。仕事がんばって』

『ありがとう。国立くんもゆっくり休んで』

電話を切ったあと、しかたないなと落胆の溜息をついた。

駅前のコンビニエンスストアに寄り、晩酌《ばんしゃく》のつまみとビールをかごに入れ、ふとスープの棚の前で立ち止まった。遅くまで仕事なら腹が減るだろう。春雨《はるさめ》スープなら夜食にはちょうどいい。担々麺《たんたんめん》味を手に取り、思い直して柚子塩味にした。仁居はあっさり味が好きだ。

——渡したらすぐ帰ろう。ひと目会えればそれでいい。

我ながらしつこい。けれど止められない。半ば白旗を振るような気持ちだった。

川べりを歩いていくと、仁居の部屋の窓辺が見えてくる。寝室のほうに間接照明のぼんやりにじむような灯りがついている。仕事なら居間でしているはずなので不思議に思った。

チャイムを鳴らすと、少し間を開けて、はい……と聞こえた。さっきの電話とはちがう、弱々しい声だった。「俺だけど」と名乗ると、ドア越しに戸惑う空気が伝わってきた。

「仁居さん？」

「あ、ごめん、開ける」

ドアが開き、仁居が顔を出した。パジャマ姿で、足元でニーニが鳴いている。

――パジャマで仕事？

まばたきをしてしまい、仁居があ……と胸元に手を当てた。

「ちょっと不精しちゃってて」

「家の中だしいいじゃない。俺だって予定ないときは適当だよ」

そう答えたものの、仁居は家の中でもきちんとしているイメージがあったので意外だった。もしかして、もう寝るところだったから仕事があると嘘をついたのかもしれない。しつこい自分が恥ずかしく、早く帰ろうとコンビニエンスストアの袋を差し出した。

「差し入れ持ってきただけだから」

「ああ、そうなんだ。わざわざありがとう」

バツが悪いのか、仁居の頬はうっすら赤い。悪いことをしたなと思ったとき、仁居の額に前髪が張りついているのに気づいた。汗をかいている？　今夜はそれほど暑くないのに。

「ごめん、ちょっと」

前髪をかきわけて額にふれると、仁居がびくりとあとずさった。

「仁居さん、熱あるんじゃない？」

驚いた。かなり熱い。

「ちょ、これやばいよ。早く寝て」

「大丈夫、たいしたことないから」

「いいから早く」

仁居を部屋に引っ張っていくと、やはり仕事をしていた形跡はなく、寝室のベッドにたった今まで寝ていた形跡があった。ふらついている仁居を抱き上げてベッドに寝かせた。あとをついてきていたニーニがベッドに飛び乗り、仁居の足元でくるんと丸まる。

「こんな熱があるのに、なんでさっき言わなかったんだ」

ベッド脇《わき》の床に座りこみ、目線を合わせた。

「……ごめん、迷惑かけて」

「そんなこと言ってるんじゃないよ」

こんなときくらい素直に頼ってほしかった。つれないを通り越した他人行儀な態度に歯がゆさが爆発しそうだ。思わずきつい言い方になってしまい、我に返って調子を落とした。

「なにか食べた？　食べ物買ってきたけど」

「大丈夫。お粥食べた」

「薬は？」

「飲んだ」

そうかと、国立は仁居の髪を優しく梳《す》いた。

「熱は何度あるの?」

「わからない。体温計ないし」

「それくらい買おうよ」

「いらないよ。何度あっても寝てるしかないんだから」

そういう問題かと国立はあきれた。

「しんどかったら、救急付き添うよ?」

「病院にいくほどじゃない」

「でも結構熱出てる。顔も赤い」

「これくらい大丈夫。冬のはもっとひどい」

「そうなの?」

仁居は赤い顔でうなずいた。口が小さく開いている。ああ、もしかして息も乱れているのかもしれない。自分がいるから我慢しているのかもしれない。

——帰ったほうがいいのかな。

自分がいたら仁居は気が休まらないかもしれない。さっきの電話でも、こんなことになっていることを仁居は言わなかった。じゃあ帰る? ここに仁居をひとり残して? 仁居を気遣うならそのほうがいい? 本当に? 苦しそうな仁居を見つめた。

「仁居さん、俺、ここにいてもいい?」

わからないから、素直に聞いてみた。

「ありがとう。でも国立くん、明日も学校で早いんだから」

「うん、でも俺のわがままを聞いてほしい」

仁居は意味のわからなそうな顔をした。

「病人の仁居さんにわがまま言ってごめん。仁居さんは俺がいたら気が休まらないかもしれないけど、俺が仁居さんについていたいんだ。このまま帰ったら俺が苦しいんだよ」

「……国立くん」

仁居は泣きそうな顔をした。

「駄目？」

問うと、ぎゅっとシャツの袖口をつかんでくる。

「……国立くんといると、俺は、すごく、苦しいよ」

体調のことではないことはわかった。

仁居の言う『苦しい』は、自分が感じている苦しさと同じだ。

「俺も苦しいよ。仁居さんが好きすぎて」

横になっている仁居を頭ごと抱きしめた。じっとそうしていると、足元にいたニーニが布団と仁居を踏みつけながらやってきて、自分と仁居の間にぐりぐり身体を割り込ませてきた。

「ニーニ、ちょ、今は邪魔しないで」

しかしニーニの進撃はやまず、ついにずぼっと頭を入れるのに成功した。そのまま三つ巴《みつどもえ》の状態でいると、ぷっと仁居が吹き出した。続けて国立も笑った。

「もう、ニーニ、おまえのせいでムード台無しだよ」

「仲間に入りたいんだよな」

ニーニはそうだよと言いたげな顔で、仁居の顔のすぐ横に丸まった。

「こらこら、尻で仁居さんを圧迫するな」

一緒にくるんくるん動く尻尾《しっぽ》が仁居の顔を優しく叩いている。

「いいよ、なんかこれ安心するから」

「尻で圧迫されながら尻尾で顔をはたかれるのが？」

「うん、そう」

くすくす笑う仁居の前髪を、国立は優しく梳いた。

「少し寝なよ」

「……うん、ありがとう」

そう言うと、仁居は驚くほどすんなり目を閉じた。身体がつらいのだろう。通常よりも呼吸が早い。しばらくすると、早い呼吸は少しずつ寝息に変わっていった。

——いいよ、なんかこれ安心するから。

安心。なにげない言葉に、仁居の本心がこぼれた気がした。

「……仁居先生、大丈夫だよ。俺はここにいるから」

力なく横たわる手をそっとにぎると、迷いなくにぎり返された。

反応が早すぎて、起きているのかと思ったけれど仁居の目は閉じられたままだった。

無意識の仁居は、いつもよりずっと正直だ。

仁居の手の熱を感じながら、やわらかな間接照明に浮かび上がる室内を眺めた。ランプは床に直接置いてある。趣味のものや気持ちをいやすものはなにもない、極限まで荷物がないこの部屋は、体調を崩してひとりで寝込む場所としてはさびしく思える。

風邪への対応は一応してある。床にはミネラルウォーターとスポーツドリンク、風邪薬と額用冷却シートが置いてある。子供ではない。

なのに体温計はない。

微熱だろうが高熱だろうが、寝ているしかないのだからと仁居は言った。そういう問題かと思ったが、仁居にとってはそういう問題なのだ。孤独に慣れきった合理性が透けて見える。

冬の風邪はもっとひどいと言っていた。あの言い方では毎年ひくんだろう。そのたび、なにもない部屋でひとりで寝込んでいるんだろう。頼ってくれと言っても、仁居は頼ってこないだろう。美しい寝顔を見つめていると、もどかしい、切ない、甘い気持ちになっていく。

それはそのまま、足りない自分への歯がゆさに変わる。

どうしたら仁居が安心して寄りかかれる、わがままを言える男になれるだろう。

そんなことばかりを考え、ふと我に返った。自分を根こそぎ持っていかれてしまったような、笑いたいような、泣きたいような、初めてのおかしな気持ちをもてあました。


先週から高校は夏休みに入った。しかし教師は毎日出勤する。補修、授業計画、校外学習などやることは山ほどある。そんな中、学年主任からアーチェリー部の顧問代理を頼まれた。

「アーチェリーなんてやったことないのに無理ですよ」

「実技指導は外部から人がきてくれてるからいいんだよ。顧問の木村《きむら》先生が体調崩して入院することになってね、国立先生には八月の競技大会の引率をお願いしたいだけだから」

「ああ、そういうことですか」

「悪いけどよろしく。指導員の先生は毎日練習場にきてるから挨拶だけしておいて。インハイとインカレ、どっちも経験ある人だから頼りになると思うよ」

「へえ、すごいですね」

「国立先生も若さのパワーでがんばって」

わかりましたとうなずき、学年主任を見送ったあと溜息をついた。

校外では生徒のタガが外れやすいので、引率は気を遣う。部活中の事故は顧問の責任だし、なにかあったときのために毎日の練習には顔を出したほうがいい。正直、めんどくさい。とはいえ、そろそろ担任を持つキャリアになってきているので甘えてもいられない。

まずは挨拶だなと、校舎の裏手にある弓道施設を見にいった。事故防止ネットがかかった中で、生徒が横一列に並んで弓を構えている。生徒の構えをうしろから直している背の高い男がいて、国立の姿を見るとこちらへやってきた。

「はじめまして。木村先生の代理の国立と申します」

「はじめまして、指導員の佐田《さだ》です」

三十代前半だろうか、背筋の伸びたさわやかな印象の男だった。ざっと活動内容を教えてもらったが、なじみがなさすぎて競技ルールすらちんぷんかんぷんで参った。

「そこはフォローします。わからないことはなんでも聞いてください」

「ありがとうございます。佐田さんはインカレも出てるんですよね。すごいなあ」

「マイナー競技なんでね、ライバルが少なかったんで助かりました」

佐田は冗談ぽく笑う。気さくで話しやすそうな人だと感じた。


その日は競技のことを教えてもらいがてら、佐田と居酒屋でビールグラスを合わせた。佐田は国立より六歳上だったが、しがらみのない外部職員ということで気楽に盛り上がれた。

「まあでも、言っても高校生相手は気を遣うよ」

いい感じで酔いが回ってきて、佐田はくだけた口調でテーブルに肘《ひじ》をついた。

「俺は教師じゃないし、部活で気安くしてるから生徒も話しやすいんだろうけど、普通に悩み相談にのってたらいきなり『好きです』って告白されて大慌てとかねえ」

「あるある。あれ一瞬びびりますよね」

国立は深くうなずいた。

「そのあと、ふたりきりにならないよう気を遣ったりね」

佐田もそうそうとうなずき、通りすがりの店員に冷酒を頼んだ。

「まあ高校生くらいの愛だ恋だは無邪気で罪がないですよ」

「そうかなあ。最近は大人顔負けな子もいるよ?」

「いやいや、ないです。少なくとも俺は子供には興味ないんで」

答えながら、仁居のことを思い出していた。薄布をはさんでいるようなもどかしさと、それゆえ惹かれる気持ち。ああ、けれど高校時代の仁居に告白されたらわからない。禁断の恋に落ちてしまったかもしれない。それはそれでありかも……と妄想でにやついていると、

「国立先生、そんな馬鹿にして笑ってると足元すくわれるよ」

「あ、いや、今のはそういうんじゃなくて——」

「自分は大人だから大丈夫、そう思っている間に引き返せなくなるもんなんだよ」

佐田は頬杖で遠くを見るような目をした。

「佐田先生？」

「あ……悪い。ちょっといろいろ思い出して」

「え、もしかして佐田さん、禁断愛に身に覚えが？」

冗談で問うと、ははっと佐田は乾いた笑いをもらした。

「……知り合いが、ちょっとね」

「禁断愛？」

「ああ。大学時代、指導にいってた高校生とつきあってた知り合いがいた」

「へえ、まあでも援助交際じゃないし、好きあってる同士の恋愛ならギリギリOKかな。あ、でも指導にいってた高校の生徒となるとアウトなのかな。微妙なラインですね」

そこはもう高校生を相手にする側の自制心の問題になりそうだ。

「田舎《いなか》の垢抜けない高校生の中で、ちょっと見ないくらい綺麗な子だったらしい。最初は綺麗だなと思ってただけだったのに、親しくなるうちにどんどん本気になっていった」

男は好みの美人に抗えない生き物なので、そこはなんとなく同情と共感をよせた。

「なにより、家庭環境がひどくて放っておけなくなった」

「荒れてたんですか？」

「十七歳でひとり暮らしをしていた」

「は？　親はなにしてるんですか」

「その子が小さいころに亡くなったんだ。父親の事業が失敗して、負債が返済できず心中だ。その子も連れていかれそうになったけど、寸前で母親が思い直した」

「それは……なかなか壮絶ですね」

「そのあと親戚の家に引き取られたんだけど、家族の中でひとり疎外感はあったんだろうな。それでもなんとかやっていたのが、その家の娘に惚れられたのが運のつきだった」

「娘?」

思わず問い返すと、佐田はしまったという顔をした。その反応でわかってしまった。これは知り合いではなく、佐田自身の話だ。そして佐田は自分と同じ人種らしい。

「大丈夫です。俺はそういう偏見はありません。それに知り合いの話でしょう?」

そう問うと、佐田は苦笑いをした。国立が気づかないふりをしていることを、佐田は気づいた上で気づかないふりをした。まあ飲もうと国立にも冷酒を注いでくれる。

「それで、どうなったんですか」

「ああ、その家の娘が告白を断られた腹いせに、彼がいやらしい目で自分を見ると両親に訴えたんだ。父親は当然激怒して、娘を守るために彼を家から出してひとり暮らしをさせた」

「……ひどいな」

千夏とは逆のパターンだが、相手の人間性を貶《おとし》める、同じ類の悪辣《あくらつ》さだ。

「でも高校生がひとり暮らしなんて、学校はなにをしてたんですか」

「学校には親戚の住所が届けだされていたし、校内での態度に特に問題がなければわからない」

確かに。子供はそういう境遇に自分がいることを隠したがるので、家庭での問題は見過ごされることが多く、なにかが起きてから気づくという後手に回ってしまう。

「初めて彼の部屋に入ったとき、あんまり荷物が少なくて驚いた。本当になにもないんだ。ベッドと机くらい。川べりの古いアパートで、窓だけはやたら大きかった」

——え？

国立は佐田を見た。

「殺風景《さっぷうけい》すぎる部屋で、それでも窓辺に腰かけて川を眺める彼は見とれるほど美しかった」

——まさか、そんなことあるはずないだろう。

嫌な感じにざわつく気持ちを抑え、国立は冷酒を追加で頼んだ。

「友人は彼に夢中になった。自分が指導にいっている学校の生徒だなんて枷《かせ》は、気持ちを縛るなんの役にも立たなかった。衝動を抑えるという選択が最初からなかった。あんな恋は後にも先にもあれだけだ。毎日、なにを放りだしても彼に会いたかった」

佐田は頬杖で冷酒を飲みながら、壁に貼られたメニューをぼんやり見ている。

「でも二学期になって、学校に投書があった」

「投書？」

「友人と彼が『不適切な関係』だと。問題にはならなかった。男同士でなにか勘違いをしているんだろうと、校長たちは苦笑いをしていたよ。性の多様性が実感として理解できない、よくいえば素朴《そぼく》な土地柄だったんだ。そんな田舎で男同士の恋愛が露見《ろけん》したらどうなると思う」

「……魔女《まじょ》狩りっぽくなるんですかね」

「友人は急に怖くなった。けれど別れることも考えられなくて、しばらく会うのを控えようと言った。すると彼はいとも簡単に高校をやめると言った。こんな町ふたりで出ていこうと」

国立は目を見開いた。

「彼の目にはなんの迷いもなかった。驚いている友人に、逆にどうして驚いているんだろうという顔を向けた。あのとき、馬鹿な友人はようやく気づいたんだ。自分の手の中には自分だけではなく、彼の人生までがにぎりこまれていることに」

少し考えればわかるはずだった。さびしくてさびしくてしかたのない子供を抱きしめれば、子供にはその相手が世界のすべてになってしまう。けれどそれほどの信頼や愛情は、二十一歳の大学生の器を超えている。それを認めて、自分の弱さを打ち明けて、許しを乞えばよかったのだ。

「けれどそうできないほど友人は若くて、愚《おろ》かで、それを彼のせいにした。友人は彼の愛情を重いと言って、彼が悪いかのように責めた。正月も盆もどこにも帰るところがない、誰からも大事にされない元のさびしい生活に、たった十七歳の子を放り出したんだ」

佐田はぼんやりとメニューを眺めたあと、カウンターに肘を置き、かくりと首を前に落とした。

「佐田さん、飲みすぎです」

「……ああ、悪い。大丈夫だから」

そう言いながら、身体がかすかに揺れている。

「今でもたまに思うんだよ。彼はどうしてるのかなあ。ちゃんと幸せなのかなあって」

国立はごくりと喉を上下させた。

「……佐田さん」

「うん?」

「その彼の名前、憶えていますか?」

ゆらゆら揺れながら、当たり前だろうと佐田がうなずく。

「彼の名前はなんて?」

おそるおそる問うと、佐田はゆっくりとこちらを見た。

こんなことを聞いて、おかしく思われただろうか。いまどき家庭環境の荒れた子なんて珍しくない。川べりの部屋なんてどこの町にだってある。荷物の少ない部屋も、窓辺に座ることも、見とれるほど美しい見た目も——。

「猫」

「え？」

「猫の鳴き声みたいな名前なんだ」

佐田は泣きそうな顔で笑うと、電池が切れたようにふたたびかくりとうなだれた。

国立はテーブルの上で手を組み、呆然と佐田を見つめた。

ひどくショックを受けていた。

佐田の言う『彼』は、間違いなく仁居だ。

けれど佐田の語る仁居は、国立の知らない仁居だった。

──彼はいとも簡単に高校をやめると言った。ふたりで町を出ていこうと。

今の仁居なら口が裂けても言わない。十代の勢いなのかもしれないけれど、それにしてもちがいすぎる。自分はいつも一歩引いた感じの、痛々しいほどもどかしい仁居しか知らない。

──友人は彼の愛情を重いと言って、彼が悪いかのように責めた。

もしかして仁居のもどかしい態度は、佐田の言葉が原因なんじゃないか。けれど十年も前のことをそんなに長く引きずるだろうか。わからない。否定したい。けれどしきれない。

考えていると、ふっと佐田は目を覚ました。

「あ、俺、寝てた？」

「少しですよ。二、三分」

「駄目だな。初っ端から」

「大丈夫ですよ。でもまた沈没《ちんぼつ》がくる前に帰りましょうか」

「それがいい」

立ち上がった佐田は、若干怪しい足取りでレジへ歩いていく。俺すぐ寝ちゃうんだよとか、罪がなくていいじゃないですかとか、たわいない話をしながら駅へ向かう。

「佐田さん」

別れ際、どうしても聞きたいことがあって呼びとめた。佐田が振り返る。

「佐田さんの友人は、彼にもう一度会いたいんでしょうか」

その問いに佐田は首をかしげ、

「会えないだろう」

簡単に言って背を向けた。

会えない、は、会いたいけれどという前置きが入る。

十年経っても佐田は仁居を忘れていない。

じゃあ、仁居はどうだろう。

帰り道、夜の川べりを歩きながら、ふたつの可能性を考えてみた。仁居はまだ佐田を忘れていなくて、だから国立との距離も縮まらないというのがひとつ。そしてもうひとつは、忘れられないのは佐田という男ではなく、そのとき受けた傷や痛みだということ。

ふたつは似ているようで、まったく似ていない。

どちらも切ないことだけれど、よりしんどいのは後者だろう。どんな形でも、強く誰かを想うことは力にもなる。けれど後者はひたすら不毛《ふもう》だし救いがない。

国立は立ち止まり、仁居の心を想像してみた。なるべく自分が入らないよう目を閉じて、もしも自分が親もいない、親代わりの人からも疎まれ、家からも追い出され、ひとり暮らしをしている十七歳の少年だったらと想像してみた。いってきますも、おかえりなさいもない暮らし。

じっと立ち尽くして考え、けれど駄目だった。

自分が味わった痛みとは種類がちがう。自分には千夏がいたし、千夏には自分がいた。だからなんとか生きてこられた。けれど仁居には誰もいなかった。広い世界で、自分を愛してくれる人が誰もいないなんて、想像もできないほどさびしい十代を仁居は過ごしてきたのだ。

——ただ少し、部屋に人を入れるのが苦手なんだ。

初めて仁居の部屋に入ったとき、あまりにものが少なくて驚いた。人を入れるのは苦手だという言葉どおり、きっちりひとり分しかなかった皿やグラスのことも。なのにいつの間にか、ひっそりと国立の分が買い足されていたことも。

暗い部屋の窓辺に腰かけて、見えない夜の川を見つめていた姿。からっぽで、手がつけられないほどの孤独さかげん、声をかけると、きて、と助けを求めるように手を伸ばしてきた。体調を崩していても、そうとは言わずひとりで寝込んでいた。そのくせ、国立がここにいるからと手をにぎると、迷いなくにぎり返してきた。すがるように。

ばらばらで、どうつなぎ合わせればいいのかわからなかったパズルのピースが、ゆっくりと組み上がっていく。ずっとつかみあぐねていた仁居の輪郭が、少しずつ浮かび上がってくる。

さびしいのにさびしいと口にできない、不器用な子供がそこにいる。

都合のいい勘違いかもしれない。

それでも、歩く速度が勝手に上がる。

やわらかな綿《わた》でしめつけられるみたいに胸が苦しい。

破裂しそうなほどの想いに背中を押されて、気づくと走り出していた。


はやる気持ちのまま、チャイムを連続で鳴らした。

「はい、どちらさまですか？」

警戒しながらわずかに開いた玄関に手をかけ、大きく開いて中に押し入った。

「国立く……っ」

仁居がなにかを言う前に抱きしめてくちづけた。腕の中で仁居がもがくけれど、もっときつく抱きしめた。風呂上がりなのか、仁居の髪は濡れていた。

「ど、どうしたの、いきなり」

激しいくちづけから顔をずらし、仁居が驚いた顔で聞いてくる。

「会いたくなったから」

抱擁《ほうよう》をゆるめて視線を合わせた。

仁居はぽかんとし、それから安心したように吐息した。

「またお酒飲んでるね？」

「うん」

「さびしがりになるお酒なのかな？」

「こんなふうになるのは仁居さんにだけだ」

もう一度、仁居の形のいい唇にくちづけた。

「仁居さん、俺を好き？」

唇をふれあわせたまま聞いた。

「好きだよ」

「佐田さんよりも？」

仁居がびくりと身を硬くした。

「……なに？」

「佐田さんと会って、仁居さんの昔の話を聞いた」

沈黙があった。

「なにを言ってるのか、よくわからない」

仁居が身体を離そうとする。

「あとで説明するよ。それよりも」

離れようとする仁居を強く抱きしめた。

「しよう」

ムードもへったくれもない誘い方だった。今はそういうところに回せる余力がない。

「国立くん、酔ってるよ」

「悪い？」

仁居は困ったように笑った。

「悪いよ」

「どうして？」

「そういうのは、お酒の勢いでするもんじゃない。大人だからそういうときもあるし、そういうのがいいときもあるけど、国立くんと俺の場合はもう少し慎重になったほうが——」

「佐田さんのことを、まだ忘れられない？」

仁居が弾かれたように視線を上げた。

「なにを言っているのかわからない」

はっきりと非難のこもった目を向けられ、逆に安心した。

「ちがうなら、しよう」

部屋に上がろうとすると、思いがけず強い力で突き放された。

「しない」

怒った子供みたいなかたくなな言い方だった。居間へ逃げていく仁居を追いかける。国立を見て、ハウスに入っていたニーニが立ち上がって嬉しそうに鳴いた。

——猫の鳴き声みたいな名前なんだ。

泣きそうだった佐田を思い出し、また頭に血が上った。自分の知らない仁居を知っている佐田に嫉妬《しっと》している。現在の恋人は自分で、愛されている実感もあるのに、もしかしてと疑う気持ちもどこかにある。これほど自分を思い通りに動かせない恋は初めてだ。

「俺とするのは嫌？」

仁居は背を向けたまま首を横に振る。

「じゃあ、なんで駄目？」

ますます自分が嫌になった。これが初めて身体をつなげようとするときの誘い方か。高校生でももっとマシだ。自分にあきれて溜息をつくと、仁居の肩が怯えたように震えた。

「……終わるくらいなら、したくない」

「え？」

「だって今までの人とは、全部それが原因で別れてきたんだろう」

国立はぽかんとした。

「それが理由？」

仁居は答えない。

「確かにそうだけど、そんなこと言ってたら一生できない」

「じゃあ、一生しなけりゃいいよ」

らしくない乱暴な言い方だったけれど、それは一生別れたくないと言われているのと同じで、自分でも手がつけられないほどの熱がゆっくりせり上がってくる。

「別れないし、俺はしたい」

うしろから仁居を抱きしめた。

「仁居さんが好きだ」

好きだから、したい。好きだから、したくない。自分と仁居は同じ気持ちを抱えていて、なのに出す答えがちがう。イコールにはならないものをイコールにしたくてたまらない。

「嫌がっても、するから」

強く抱きしめて、シャンプーの香りがする濡れた髪に顔をうずめた。

そのままじっと待っていると、仁居がかすかに首を縦《たて》に振った。


手をつないで寝室へいき、ベッドに腰かけてお互い自分で服を脱いだ。

夜の濃紺に沈んだ部屋で、影だけの仁居と静かに唇を合わせる。

ふれる場所はどこもかしこも薄く、細く、辿る手があちこちの骨に引っかかる。首を辿れば鎖骨に、背中を抱けば肩甲骨《けんこうこつ》に、わき腹を落としていけば肋骨《ろっこつ》や腰骨《こしぼね》に。

引っかかるたび、これが仁居の身体だと指先が覚えていく。細かいキスを幾層《いくそう》にも重ねながら、洗面所にあったベビーオイルを潤滑剤《じゅんかつざい》にして背後にふれた。かすかな震えが伝わってくる。

「痛かったら、すぐ言って」

傷つけないようさぐっていく中、ふっと仁居の息が乱れる場所があった。同じところを刺激すると、仁居の体温が高くなっていく。うっすら浮かぶ汗が互いの肌を吸着させる。

身体はしっかりと反応している。なのに、仁居はひどくかたくなだった。少しの声ももらすまいとしっかり唇を引き結び、眉根を寄せてきつく目を閉じている。

「よくない？」

仁居は首を横に振る。それから、つぶっていた目をこわごわ開けた。

「……国立くん」

かすれた甘い呼びかけ。それだけで心も身体もぐんと昂ってしまう。顔を寄せ、鼻先をこすり合わせ、うっとりと唇にくちづけようとしたとき、

「……無理しないで、嫌になったらすぐやめていいから」

期待とは真逆のつれない言葉に、いいようのないもどかしさに襲われた。

「やめるわけないだろう」

かみつくようなキスをした。ここまできても自分のうちに引きこもって出てこない仁居を引きずり出して、思うままにしたい乱暴な衝動が湧き上がる。一方で、大事に大事に壊れ物を扱うように慈しみたい。動と静。ふたつの欲求に手ひどく翻弄《ほんそう》される。

焦げつくような気持ちをなだめすかし、丁寧に仁居の身体を拓《ひら》いていく。ようやく身体をつなげても余裕は一ミリもなく、仁居の反応しか目に入らなかった。深く入り込んで揺さぶると、仁居が口元を手で押さえる。それを引きはがしてシーツに縫《ぬ》い止めた。

「声、聞かせて」

仁居はきつく口を閉じて、首を横に振る。

「気持ちよくない？」

仁居はまた首を横に振る。

「じゃあ、いい？」

仁居はやはり首を横に振る。もどかしすぎて頭に血が上る。生まれて初めて行為に没頭した。夢中になった。いつもはまとまらない気持ちの温度と身体の温度が、完璧に一致している。

「……国立…く……っ」

ふいに切羽《せっぱ》詰まった声で名前を呼ばれた。国立にしがみつき、かすかにもらした絶頂の声に鼓膜ごととろかされる。耐えるような数秒が続き、ゆっくりと仁居の身体が弛緩《しかん》していく。

「……ごめん」

「なんで謝るの？」

くったりしている仁居を抱きしめて目元にくちづけた。

「……国立くんより先に……」

「逆じゃなくてよかった」

小さく笑ってくちづけた。

「……国立くん」

「うん？」

しかし仁居はなにも言わず、国立の背中に腕を回してきた。

ぎゅっときつく抱きしめられる。

それは言葉よりも雄弁に仁居の気持ちを伝えてくる。

「好きだよ、すごく」

汗の浮く額にキスをした。仁居は苦しそうに眉根を寄せて目を閉じる。これ以上なく深くつながりながら、どうしてそんな反応なんだと、歯がゆさで心臓をかきむしりたくなる。

「本当に好きだよ。もう、怖いくらいだ」

しつこく言葉にして、涼やかに美しい目元にくちづけた。

形のいい鼻の先、薄い耳朶《みみたぶ》、細くて長い首筋にも。

ここからさらっていきたいような、ここに閉じ込めてしまいたいような、甘い矛盾に振り回されながら、どうしようもない恋に落ちていくのを感じていた。

ニアリーイコール

NEARLY EQUAL

初めて身体を重ねた翌朝、ふたりそろって寝坊した。入院した顧問の代わりに国立《くにたち》がアーチェリー部の代理顧問になったことと、そこに指導員として佐田《さだ》がきていたこと。詳しいことは今度の休みに話し合おうと言い残し、仁居《にい》の頬にキスをして国立は仕事にいった。

あれから、仁居は落ち着かない日々を過ごしている。佐田のこと。国立と寝たこと。長く停滞するほど、物事はいちどきに進む。楽しいことが少なくても、大きく変化のないおだやかな毎日のほうがいいと思って生きてきたので、今はひどく不安になっている。

国立とはうまくいっていると思っていた。けれど、ここからどうなるかわからない。変わるかもしれないし、変わらないかもしれない。終わりにだけはなりませんようにと願っている。

国立とゆっくり会えたのは次の日曜だった。

台所でコーヒーを淹れていると、国立がマグカップを棚から出してきてくれた。豆の入ったフィルターに湯をゆっくりと注いでいく。

「この一週間、いろいろ考えてたんだけど……」

国立が切り出し、どきりとした。

湯を注ぐ手元が狂わないよう注意しながら、なに、と答えた。

「佐田さんに会ってみる?」

さっきよりも大きく鼓動がはねた。けれどなんとかこらえた。

「会わない」

「どうして?」

「昔の恋人にわざわざ会いたい人って、あんまりいないんじゃないかな」

「そういう一般的なことじゃなくて、仁居さんの気持ちを聞いてる」

「俺は一般人だよ」

仁居は意識して口元だけで笑った。

「いろいろあったから佐田先生のことは忘れないと思う。でももう恋愛感情じゃない」

ぷつぷつと泡立つコーヒー豆の表面から、またあの言葉が湧き上がってくる。

——たくさん愛して、愛されて、恭明《やすあき》はずっと幸せに生きていって。

——おまえの愛情は重い。

誰かを好きになるたび、右にいこうとする母親の言葉と、左にいこうとする佐田の言葉がからみ合って仁居をその場に縛りつける。仁居にとっては呪縛《じゅばく》に等しい。

「佐田先生は仁居さんのことを――」

「聞きたくないよ」

湯を入れすぎてしまい、慌ててポットの口を引いた。

「すごく怖い顔してるよ」

「え?」

隣を見ると、なんともいえない顔の国立と目が合った。

「俺にはそんな顔したことない」

「……それは、だって」

国立は仁居を悲しくさせるようなことをしないからだ。

「落ち切ってる」

「え?」

「お湯」

コーヒーサーバーを指さされ、ああ、とふたたびポットをかたむけた。台所に香ばしい匂いが満ちていく。静かな午後、ふたり分のカップにコーヒーを注ぐ丸い音だけがしている。

「仁居さんにそんな顔をさせるのが俺じゃないのが悔しい」

「誤解だよ」

「わかってる」

国立は両手にカップを持って居間にいってしまう。

いつもと雰囲気がちがって、仁居はあとを追いかけられなかった。

――また、駄目になるのかな。

途方に暮れて立ち尽くしていると、素足にやわらかなものがまとわりついた。ニーニが心配そうにこちらを見上げている。

「大丈夫だよ」

仁居はニーニを抱き上げた。しなやかな身体をなでて気持ちを落ち着かせていると、居間と台所を隔《へだ》てる戸からそろそろと国立が顔を出した。

「……仁居さん、怒ってる?」

「俺?」

否定するために首を横に振った。

「怒ってるのは、国立くんのほうだと思うけど」

「俺は……ごめん。ちょっと拗《す》ねただけ」

国立はこちらにやってきて仁居の手を取った。

「ごめん、仲直りしたい」

「うん」

ニーニを抱き、引かれるまま居間へいった。ふたりでラグに腰をおろし、黙ってコーヒーを飲む。ニーニはふたりのそばで丸まっている。

「ところでさ」

国立が言い、どきりとした。

「仁居さんて、アイスコーヒー飲まないの？」

「え？」

なにを言われるのかと身構えていたので拍子抜《ひょうしぬ》けした。

「真夏にホットって過酷じゃない？」

よく見ると、国立は顔をうっすら赤く染めて汗をかいていた。

「あ、ご、ごめん、俺はいつもそうだから」

「うん。すごく当たり前の顔で淹れてるからそうなんだろなあって」

「血の巡りが悪いのかな。夏でもあんまり汗かかない」

「痩せすぎなんだよ。雪山でも痩せっぽっちから死ぬんだよ」

「といっても体質だから。氷取ってくるよ」

立ち上がろうとしたが、いい、と止められた。

「いつも涼しそうでいいなって思ってた。でも酒はキンキンだね」

「ウオッカ？」

「うん、いつも冷凍庫に入ってる。そのわりに飲んでるとこはあんまり見たことないけど」

「寝酒にたまに飲むくらいだから」

半分だけ嘘をついた。本当はほとんど毎日飲んでいる。

「寝酒って、あんまり眠れないの？」

「そういうわけじゃないけど」

「なにか悩みごとでもあるの？」

「そんなんじゃないよ」

さりげなく目を伏せた。なんなんだろう。やっぱり今日の国立は変だ。いつも「なんとなく」でごまかしてきたことを、今日は流してくれない。ひとつひとつ丁寧に拾われる。

「酒、なんで冷凍庫に入れてるの？」

気まずさに黙り込んでいると、国立が調子を変えた。

「あ、凍らないから。氷入れるの面倒だし」

仁居はほっとして答えた。

「凍らないの？」

「とろっとするだけ」

「へえ、そうなんだ。よくそんなの知ってるなあ」

「昔から飲んでるから」

「昔って？」

「え、若いときから」

「いくつのとき？」

「……じゅ、十七」

「未成年？」

目を見開かれ、思わずごめんなさいとうつむいた。

「へえ、仁居さんでもそんな悪いことするんだ」

意外そうに言われ、仁居はまばたきをした。

「俺はそんな上品な育ちじゃないよ」

「でも、俺の中では仁居さんは清く正しいイメージだったから」

「すごい誤解だ」

「みたいだね。そういうのを知りたいから、これからはいろいろ聞こうと思ってる」

国立はふたたび真顔になった。

「十七才から飲酒してた悪い仁居さんのことが知りたい」

「そんなの知られたくないよ」

冗談にしたくて笑ったけれど——。

「俺は知りたいよ」

強い口調に驚いた。

「たとえば、電気もつけない暗い部屋から見えない風景を見ている仁居さんのこととか、いつも俺を気遣ってくれるのに、自分が風邪ひいてるときは頼ってこない仁居さんのこととか、俺のことを好きでいてくれるのは伝わってくるのに、なんでか最後の一線は超えてきてくれない仁居さんのこととか、もっと基本的に、本当の仁居さんはどんな人なのか、知りたい」

国立は仁居の手を取った。

「仁居さんの昔の恋人から、俺の知らない仁居さんを聞かされるのは、真夏のホットコーヒーよりも過酷だったよ。もう二度とごめんだ」

強い怒りがにじんでいる目に見つめられた。

「……ごめん」

「謝ってほしいんじゃないんだ」

強く手をにぎられる。

「というか、仁居さんが謝ることじゃないだろう。俺と佐田さんが出会ったのは偶然だし、仁居さんにはなんの責任もない。でもそこから俺なりに考えたこともあった」

話しながら仁居の手を強くにぎったり、ゆるめたり、優しいリズムに呑まれそうになる。

「ゆっくりでいいから、お互いをわかり合っていきたい。今度は失敗しないように」

ひどく嬉しい言葉だった。国立の手はあたたかく、その熱にどっぷり浸かって溺れてしまいたくなる。本当はずっとさびしかったと言ってしまいたくなる。ずっとそばにいてほしいと訴えてしまいたくなる。けれどやっぱりブレーキがかかる。

——そんなこと言ってたら一生できない。

あのとき国立が言った言葉に、やけっぱちになって言い返した。

——じゃあ、一生しなけりゃいいよ。

そして続けて問いたくなった。

——一生しなければ、一生一緒にいられる？

馬鹿だ。重すぎて嫌になる。本当の仁居を知りたいと国立は言う、けれどそれが水に濡れた砂みたいに重いものだったらどうするだろう。佐田は怯えて逃げ出した。

「そうだ。これ、こないだ作ったんだ」

国立は仁居の手を取ったまま、反対の手で鞄を引き寄せてなにかを取り出した。

「これ、持ってて」

仁居の手を上向かせ、置かれたのは鍵だった。

「俺の部屋の鍵。いつでも好きに使ってくれていいから」

「い、いいよ、そんな厚かましい」

「恋人の部屋の合鍵を持ってることは、特に変わったことじゃないと思うけど」

「でも使わないから」

「持っててくれるだけでいいんだ」

「使わないのに、持ってても意味がない」

「ある。俺が嬉しい」

戸惑う仁居に、国立は優しく目を細めた。

「俺が、俺の部屋の鍵を、俺の好きな人に、持っていてもらいたいんだ」

一言ずつ区切るように言うと、自分勝手でごめんなさいと国立はほほえみ、仁居にふれるだけのキスをした。肩を抱き寄せられ、やわらかくラグに押し倒される。今度のキスは深い。

シャツの裾から忍び込もうとする手を思わず押しとどめた。

「……まだ明るいよ」

「嫌？」

甘さを秘めた強い目でのぞき込まれる。その聞き方はずるいと唇をかんだ。嫌なはずがない。

国立が好きで、好きで、初めて抱かれたときは息がつまるほど幸せだった。

「……苦手だって聞いてるから」

ようやく適正な言葉を紡《つむ》ぐことができた。

「仁居さんとは、今までと全然ちがうんだ」

首筋にくちづけられると、押し返す腕から魔法みたいに力が抜けていく。

無言の許しを得た手が、シャツのボタンを外していく。首筋を伝い降りて、はだけられた胸に国立が顔を伏せる。熱く濡れた舌でふれられただけで汗がふき出した。

国立の肩越し、窓枠に切り取られた真夏の空が見える。視界を遮《さえぎ》るもののない明るい昼間、自分がどんなふうに国立の目に映っているのか気になってしかたない。

恥ずかしさで身を縮めている間にも行為はどんどん深まっていき、時間をかけて開かれた場所に国立が入ってくる。呼吸が詰まり、ぎゅっときつく目をつぶる。

「大丈夫？」

薄目を開けると、汗で顔を濡らした国立が映った。顔全体を紅潮《こうちょう》させて、ひどく苦しそうで、ひどく嬉しそうで、どこか不安で、いろんなものが一度に混ざった顔をしている。

互いの肌がなじむのを待って、ゆっくりと揺さぶられる。少しずつ大きくなる波みたいに快感が迫ってきて、きつく唇をかんでも、こらえきれずに呑み込まれる。

「……国立くん」

もう少しゆるやかに。そう訴えたいけれど、強い快楽に巻き込まれて岸までいきつけない。途切れない波間で溺れていく。苦しい。気持ちいい。もう駄目かもしれない。

強くにぎりしめていた手のひらが、開花を迎えた花のように開いていく。そこには国立からもらった鍵がある。国立の部屋を開けていいと許された鍵がある。

どうしようと、泣きたくなった。

気持ちよさに死にそうになりながら、ひどく怖くもある。この行為自体が国立との別れをた

ぐり寄せるかもしれない。そう思うと、咲ききりそうだったものが閉じていく。

「仁居さん?」

気がつくと、国立を押し返していた。

「どうしたの?」

「……ごめん、なんでもない」

顔を背けようとしたが、顎に手をかけられて強引に引き戻された。

「痛かった?」

首を横に振った。

「嫌なやり方だった?」

また首を横に振る。

「じゃあ、やめないよ」

深くくちづけられ、ふたたび快感に引きずり込まれる。

お互いに達したときは、ふたりとも頭から水をかぶったようにずぶ濡れだった。

国立が力尽きたように仁居の上に覆いかぶさってくる。大きくはずむ呼吸。圧迫されて苦しいのに、自分から背中に手を回して抱きしめた。苦しい息の下でくちづけをかわしあう。唇が熱をふくんで腫《は》れたように感じるころ、国立が体勢を変えた。

ラグの上で背後から抱きしめられる恰好で、窓から見える空の色がゆっくりと変化していくのを見ていた。汗がひいていき、一緒に体温を奪っていく。脱ぎ散らかされたシャツにそろそろと手を伸ばす。けれど指先が届く寸前、国立に囚われた。

「もう一度」

国立はふたたび仁居を組み伏せた。

「もう無理だよ」

「つかれた？」

「そうじゃなくて」

「じゃあ、話をしようか。仁居さんのことについて」

仁居はまばたきをした。

「そんなの聞いても、おもしろくないよ」

「大丈夫、仁居さんにお笑いの才能は期待してないよ」

国立は音の立つキスをし、ふたたびうしろから仁居を包み込んだ。

「とりあえず子供のころの話から。なにか楽しかったこと」

「……楽しかったこと」

そんなものないとも言えず、憂鬱《ゆううつ》をこらえて記憶を巻き戻した。回顧《かいこ》は非生産的な行《おこな》いだ。仁居を打ちのめすことはあっても、明るくさせることはけっしてない。

ごめんねと泣きながら幼い自分を抱きしめる母親や、少し離れた場所でぼんやりとこちらを見ていた父親。思い出すと、綱渡りのロープから落下しそうな感覚に身がすくむ。

「大丈夫。俺がいる」

無意識に身体がこわばっていたのか、国立がうしろから仁居を強く抱きしめた。背中を守られていると、不思議とひとりではないように感じられる。目を閉じて、もう一度記憶をさぐっていく。あの事件の前。両親と三人で暮らしていたころのこと。

「……母さんと、川べりを歩いていた」

「お母さん?」

「多分、幼稚園の帰り道。俺は黄色の帽子に水色のスモッグを着てた」

「小さい仁居さんか。かわいいだろうなあ」

「多幸川って名前を教えてくれて、タコがいるのかと思った」

国立が吹き出す。息がうなじにくしゅくしゅ当たる。

「国立くん、くすぐったいよ」

「だって仁居さん、かわいすぎるじゃん。やばいじゃん」

国立はやんちゃな高校生みたいな言い方をした。うしろから仁居を抱きしめて、さらに足をからませながら「それで、タコはどうなったの?」と聞いてくる。

「母さんは、タコじゃなくて幸せがたくさんって意味の『多幸』なのよって教えてくれた。俺はそのころ幸せってまだよくわからなくて、そしたらまた母さんが教えてくれた」

「なんて？」

「……なんて言ったかなあ」

仁居はふたたび目を閉じ、長い間、意識的に避けていた深い場所まで下りていった。

国立の腕に守られているので怖くなかった。

暗いばかりの底から、気泡《きほう》みたいなものが浮かび上がってくる。

思い切ってふれてみると、ぱちんとはじけて明るい笑い声が響いた。

——楽しいことや嬉しいこと。恭明とこうして手をつないでおうちに帰ること。おうちでおかあさんと一緒にプリンを食べること。日曜日はおとうさんと三人で遊園地にいくこと。

——おとうさんやおかあさんやプリンや遊園地が流れてるの？

——素敵な川でしょう？

——おとうさんとおかあさんが流れていくのは嫌。

「……母さんは日傘をさしてて笑ってた。春で、川べりに菜の花や野ばらが咲いてた」

「お母さん、綺麗な人だったんだろうね」

「うん、多分、すごく」

それに優しくて、とても仁居をかわいがってくれた。おやつは手作りで、プリンやクッキーには豆腐やおからが入っていて、砂糖は控えめで、身体にいいのよと言っていた。

ああ、そういえば友達の誕生日会で食べた市販のクッキーが甘くて驚いたことがあった。家に帰ってからああいうのが食べたいとねだったら、砂糖が多いと虫歯になるのよと言われ、でも次の日に作ってくれた。甘くておいしいと言う仁居に、しかたない子ねと母親は笑っていた。

「愛されてたんだね」

「……うん、そうだったみたい」

——たくさん愛して、愛されて、恭明はずっと幸せに生きていって。

母親の最期《さいご》の言葉。ああ、そうか。自分はちゃんと愛されていたのだった。

あんまり長く思い出さずにいたので、すっかり忘れてしまっていた。

「みたいって、忘れてたの？」

「うん」

どうしてこんなにあたたかい記憶を恐れていたんだろう。

——おまえの愛情は重い。

たった一言に簡単に足止めをされて、長い間、それ以上先にいけなかった。けれど今は背中やむき出しの足先や指先、首筋、無防備に投げ出された場所すべてに国立がふれている。国立は大丈夫と言ってくれた。自分は守られている。だから進める。少しずつでも。

「……どうしよう、いろいろすごく思い出してきた」

家族で遊園地や動物園にいったこと。手作りのお弁当を食べたこと、うさぎ林檎《りんご》にはパンダのピックが刺さっていたこと。運動会で父親と足を結んで走ったこと。笑い声。季節ごとの花の色。空気の匂い。仁居の世界は美しかった。もう取り戻せないけれど、代わりにもう誰も奪えない。これは自分だけの美しい世界だ。

頬がくすぐったくて、泣いていることに気がついた。

国立はうしろにいるので、仁居が泣いていることには気がついていない。

「国立くん、眠くなってきたよ」

「うん、少し寝よう」

国立は身体を少し上にずらし、仁居を自分の胸の中にすっぽり包み込んでしまった。髪に顔を押しつけて、惜しみのないキスをくれる。仁居は泣くほどの幸せの中で目を閉じた。

子供に戻ったような、あたたかなミルクに似た優しい膜《まく》に包まれる。

開け放された窓から夏の風が吹き込んでくる。

蝉が短い夏を謳っていた。

進学塾の教室で授業後の片づけをしていると、足元に光るものを見つけた。さらりと床に流れる細い川のような金鎖《きんさ》。女性用のアクセサリーだった。

「それ、わたしのです」

教室の入り口に、長いまっすぐな黒髪が美しい女生徒が立っていた。

「よかった。失くしたのかと思った」

アクセサリーを差し出すと、女生徒はほっとした笑顔で受け取った。帰るのかと思ったが、手近な椅子に腰かけ、左のサンダルを脱いで座面に片膝を立て、ほっそりとした足首に金鎖を巻きつける。仁居はわずかに目を見開いた。女生徒がこちらを見る。

「なんですか?」

「ブレスレットだと思ったから」

女生徒がおかしそうに笑った。

「女の子にはこういうのがたくさん必要なんです」

立てた膝にキスをしそうな角度で、女生徒はちいさな金具を留めようとしている。

「彼にもらったんです。リングも、ピアスも、ネックレスも」

「ちょっと怖いね」

「なにがですか」

「そんなにたくさん、まるできみをしばるための拘束具《こうそくぐ》みたいだ」

女生徒はきょとんとしたあと、ふふっと笑った。

「全然怖くないわ。わたしは彼のものだし」

桜色の爪で細い金鎖をつまみ、それに、と続けた。

「こんなのでしばれない。簡単にちぎれるわ」

女生徒は立てていた膝を下ろし、じゃあ失礼しまーすと教室を出ていった。確かに、拘束されているとは思えない自由な足取りだった。

けれど、と思う。

ほんの少し引っ張れば簡単にちぎれてしまう金鎖がしばるのは、足首なんかではなく人の心だ。やわらかく、瑞々《みずみず》しく、花でも、鳥でも、どんな形にもなれるのに、手も、足も、首も、メッキの鎖で気づかないうちにどんどんしばられて、気づいたときにはもう遅く、外そうとしても簡単には外れない。心はすっかりそれを贈った恋人の形に固まっている。

けれど、それが不幸だとは言い切れないのが恋だった。

夜の教室にぼんやりと立ち、仁居は自分を拘束する小さな鍵のことを思った。国立にもらった日から、あの鍵はひっそりと鞄の中にしまわれ、仁居の気持ちを拘束具みたいにしめつけている。国立がいなくても、隙《すき》あらば仁居を甘い息苦しさの中に閉じ込めようとする。

苦しいし、不自由だ。なのに嫌ではない。

恋をしている、と何度も自覚する。

帰り支度をしていると携帯に着信が入った。国立からだ。

『もしもし、俺』

無造作な名乗り方が甘く響いた。

『う、うん、おつかれさま』

反対に自分の声はぎくしゃくしていた。

『仁居さん、こんな時間に悪いんだけど、ちょっと頼みがあるんだ』

『どうしたの』

『今、病院にいるんだけど』

『病院?』

『朝からずっと腹がおかしいなと思ってたんだけど、夜になってすごいことになってきたから救急で病院いったら急性虫垂炎《ちゅうすいえん》って診断されたんだ。これから手術する』

『えっ、どこの病院? すぐいくよ』

『ありがとう。でももう夜遅いからいいよ。手術っていってもたかが盲腸《もうちょう》だし。それより明日でいいから、俺の部屋から着替えとか持ってきてくれないかな』

もちろんと仁居は迷わず引き受けたが、

『仁居さんに鍵を渡しておいてよかった』

という言葉で我に返った。

仁居は、使うはずのなかった鍵を使うことになってしまった。

手早く帰り支度をして、国立の部屋に向かった。鞄から鍵を取り出し、小さな鍵穴に差し入れる。かちゃりと音がする。それは別のなにかを開ける音のように響いた。

——全然怖くないわ。わたしは彼のものだし。

そう言って笑った女生徒の顔が胸をよぎる。もうずっと昔、十七歳だった自分にもあんな潔《いさぎよ》さがあった。不安定で、愚かで、ある一部分はとても強く、ある一部分はとても脆かった。

もう二度とあんなふうにはならないと決めていた。

なのに、自分の中で今さら変わっていくものを感じている。

絵の具を混ぜるように、国立の色が自分の中に混じってちがう色に変わっていく。

ゆっくりと、とても美しい、あたたかい、川べりに咲く野ばらのような色。

玄関を開けて、おそるおそる部屋の中に踏み入った。

何度も出入りしているのに、主のいない部屋はやはりよそよそしく感じる。室内のものにはさわらず、必要な着替えや洗面用具を手早く紙袋に詰め込んだ。そうだ、カップもいる。

台所の棚からカップを取り出したとき、シンクに汚れた皿が重なっているのに気づいた。勝手にさわりたくないけれど、夏なので水場だけは放っておけずに洗っておいた。


消灯時間はもう過ぎている。暗い廊下を歩いていくと、国立と名札の入った個室があった。

ノックをして、静かに戸を引くと、起き上がって雑誌を読んでいる国立がいた。

「仁居さん、きてくれたの」

国立の顔がぱっと明るくなった。

「だって手術なんて聞いたら心配だろう」

「ごめん、仕事帰りにわざわざ」

「それより身体のほうは？」

「痛み止めがきいてるから大丈夫。今は医者待ち。準備が整い次第切られる」

切られるという言葉に、仁居は顔をしかめた。

「痛いのかな」

「そりゃあね、多分」

情けない顔をしていると、頬に手を当てられた。

「大丈夫だって。心配性」

国立が首筋にふれてくる。軽く引き寄せられ、自分からも顔を寄せてキスをかわした。唇が離れると、国立は妙にゆるんだ顔をしていて、仁居は首をかしげた。

「だって、仁居さんからも顔近づけてくれたから」

しまらない顔でにやつかれ、恥ずかしくなって目を伏せた。

「お腹痛いくせに」

「だって嬉しいし」

ぐいと腕を引っ張られ、国立の胸に倒れ込む形になった。

「ちょ、手術前なんだから安静にしてないと」

身体を気遣って控えめに抗うと、国立はおもしろがってもっと抱き寄せてくる。そのときノックの音がした。驚いて身体を離す。引き戸が開き、小柄な若い女性が顔をのぞかせた。

「……おにいちゃん?」

その呼びかけに、仁居は思わず椅子から立ち上った。

「千夏《ちなつ》、おまえ、こんな時間にひとりで出てきたのか」

身をのり出す国立を動かないでと制し、千夏と呼ばれた女性が病室に入ってくる。

「だって手術って聞いてびっくりしちゃって」

千夏が手に持った紙袋を備え付けのテーブルに置き、とりあえず家にあるの持ってきたからと男物の着替えを取り出した。仁居はさりげなく持ってきた紙袋を足元にかくした。

「明日でいいって言ったろう。それよりこんな夜遅くに無理して出歩くなんて」

千夏は二十代半ばで、事情を知らなかったらなんて過保護な兄かとあきれただろう。

千夏は半分怒っている国立をふたたび制し、とりあえず仁居に向き合った。

「あ、あの、はじめまして。いつも兄がお世話になっております」

国立と話をしているときとはまったくちがう、小さな声だった。けれど身体の前で組まれた手や頭の下げ方がとても丁寧だった。

「はじめまして、仁居と申します。国立くんとは以前同じ高校に勤めていました」

「あ、学校の」

「今は進学塾の講師をしています」

そう言うと、千夏はえっという顔で国立を振り向いた。

国立はなんともいえない、緊張に満ちた表情で千夏を見つめ返す。

なにか失礼でもしただろうかとふたりを見比べていると、ノックの音が響いて看護師が入ってきた。手術の準備ができたと言い、足元のストッパーを外してベッドごと国立を運んでいく。

「一時間ほどで終わりますので、病室でお待ちください」

「え、あ、はい」

てきぱきとしすぎた流れについていけないでいる仁居と千夏に、

「ふたりとも落ち着いて。俺は大丈夫だから」

いってきまーすと国立は冗談ぽく手を振り、軽やかに手術室へと入っていった。

静かな夜の廊下で、千夏とふたり、手術室のドアを見つめた。盲腸なんてありふれた病気だ。それでも心配だった。なんとなく隣を見ると、ちょうど千夏もこちらを向いた。男性が怖いと聞いていたので、話しかけていいのかどうか迷うけれど、黙っているのはさらに不審《ふしん》だ。

「あの」

同じタイミングで話しかけてしまい、お互いびくっと肩を引いた。

「すみません、どうぞ」

「いえ、そちらからどうぞ」

どうぞどうぞと譲り合う。しかしこのままでは話が進まない。

「じゃあ、お茶でも」

とまたタイミングがかぶってしまい、なんだかもうおかしくなってきて、お互い小さく笑い合った。笑うと下がる目尻が国立と似ている。千夏は確かに国立の妹だ。

「俺が買ってくるので、先に病室に戻っててください。なにがいいですか」

「ありがとうございます。じゃあレモンティーで」

一階の自動販売機で飲みものを買って病室に戻った。どうぞとレモンティーを渡すと、千夏が財布を出そうとしたので、いいですよと断った。

「あ、じゃあ、これ、よかったらつまんでください」

千夏は鞄からチョコレートと柿の種の袋を取り出した。唐突なラインナップだ。

「兄から手術するって電話をもらって急いで着替えを用意して、まだ夕飯を食べていなかったことを思い出して、慌ててキッチンにあったものを持ってきちゃったんです」

変ですよねと、千夏は菓子の袋を開けて小さな備え付けのテーブルに置いた。

「それだけ心配だったんですよ」

仁居はいただきますとチョコレートを一粒もらった。ナッツのクリームが入っている凝った菓子だった。おいしいですねと言うと、甘いものが好きなんですと返ってきた。

「仕事が忙しいと、ついお菓子ですませちゃうときがあって」

「わかります。忙しいとそうなりますね」

「おにいちゃんには野菜を食べろって口うるさく言うのに、駄目ですね」

千夏は恥ずかしそうに笑った。もっと不安定な感じを想像していたけれど、思いがけず落ち着いた雰囲気なことに、いい意味で驚いていた。お互い口数は多くなく、病室は静かで、けれど気づまりではない。国立の妹だからだろうか、沈黙のやわらかさが似ている。

「あの、仁居さんって、もしかして猫を飼ってらっしゃいます？」

「え、あ、はい、飼ってます」

「名前はニーニちゃんですか？」

「はい、そうです。ああ、国立くんから聞いたんですね」

笑いかけると、千夏は笑顔とも困り顔とも判別つかない表情になった。

「仁居さんが、おにいちゃんの恋人なんですね」

えっと目を見開いた。

「少し前に、どんな人なのか聞いたことがあったんです。同じ高校に勤めてて、今は塾の講師をしている人だって。男の人なのでまさかと思ったけど、ニーニちゃんって名前で確信しました。ちょっと驚いたけど、そういえばって妙に納得するところもあって……」

じわりと背中に汗が湧くのを感じ、仁居は頭を下げた。

「すみません、迂闊でした」

「仁居さんが謝ることじゃありません」

しかし仁居は顔を上げられなかった。

「あの、突然なんですけど、わたし、男の人が苦手なんです」

「はい」

「……あ、ご存知なんですね」

うなずくこともできず、仁居は目を伏せた。

「すみませんでした。俺は今夜はもう帰ります」

腰を浮かすと、ちがうんです、と慌てたように言われた。

「そうじゃなくて、あの、少しお話しがしたいと思って」

「え？」

仁居は戸惑いつつも座り直した。ふたたび向かい合ってはみたものの、改まってしまったせいか話の接《つ》ぎ穂《ほ》がつかめず、なんとなくチョコレートを食べた。千夏は髪先をいじっている。

「あの、チョコレートのあとに柿の種を食べるとおいしいですよ」

それはちょっと……と思ったのが伝わったのか、

「だまされたと思って」

と再度すすめられ、仁居は柿の種を手のひらに取った。

「……あ、本当だ。これはいいですね。甘くて、しょっぱくて、からくて」

「そうでしょう。止まらなくなるんです」

「わかります」

白っぽい蛍光灯に照らされた病室に、ぽりぽりと音が響く。

「……わたし、ひどい妹なんです」

千夏がぽりぽりにまぎれてぽつりと言った。

「おにいちゃんは、わたしに罪悪感を持ってるんです」

仁居は手のひらの柿の種を見つめながら聞いた。

「おにいちゃんはなにも悪くないのに、気づけなかった自分が悪いんだって、ずっと自分を責めてます。わたしは、おにいちゃんがそう思ってる限りは、ずっとわたしのそばにいてくれるって思って甘えてます。だからわたしはひどい妹なんです」

「……千夏さん、それは」

慰めを拒絶するように、千夏は首を横に振った。

「わたしに気を遣って、おにいちゃんは今までつきあってる人の話をわたしにしたことがありません。でもそういうのって、なんとなく雰囲気でわかるんですよね。この間会ったとき、いつになくそわそわしてて、あ、今度の人は今までとちょっとちがうなって思ったんです」

千夏はチョコレートをつまみ、けれど食べずにじっと見つめている。

「おにいちゃん、仁居さんのことを綺麗で優しい人だって言ってました。わたしはよかったなあって思いながら、なんとなくおにいちゃんを取られたような気持ちにもなったり」

仁居は口をはさまずに静かに聞いていた。

「でも今日お会いして、おにいちゃんの言った通りの人だなって思いました。仁居さん、わたしが着替えを出したとき、紙袋をさりげなくわたしから見えない位置に置き直したでしょう。あれ、多分、着替えが入ってたんですよね？」

答えに困ってしまった仁居を、千夏は真剣な目で見つめる。

「わたしはこんなのですけど、おにいちゃんはすごく思いやりがあって、優しくて、おにいちゃんみたいな人は幸せにならなくちゃ嘘なんです。だからわたし相手の人の性別は気にならなくて、ただ、おにいちゃんを幸せにしてくれる人ならいいなって……」

千夏は膝に置いた手でスカートの布地をぎゅっとつかんでいる。

千夏がどれだけ国立を必要としているかが伝わってくる。

「仁居さん」

「はい」

仁居は千夏と同じように、膝の上で強く手をにぎり込んで次の言葉を待った。

「あと少しの間、おにいちゃんを半分こにしてくれませんか」

意味がわからず、え、と問い返した。

「いい年をしてなにを言ってるんだってあきれるでしょうけど、お願いします。なるべく早く慣れるようにしますから、今年だけお盆とお正月、おにいちゃんを借りててもいいですか」

ようやく千夏の言いたいことが理解できた。

「ちょっと待ってください、千夏さん」

「わがままだってわかってます。だから今年だけ――」

「千夏さん、待って。俺はそこまで立ち入ろうとは思ってないです」

「え？」

「千夏さんと国立くんは、お盆やお正月、毎年ふたりで過ごしてるんですよね？」

千夏は申し訳なさそうにうなずいた。

「じゃあ、これからもそうしてください」

「駄目です。そんなの」

「でも、俺もそういうのは望んでないんです」

たくさん愛したら重いから、愛しすぎないようにしなければ。怖がられないように、少し離れておかなければ。愛してほしいなら、愛しすぎないようにしなければ。

長い間、ずっと自分をそう戒《いまし》めてきた。それでよかった。さびしさと引き換えに、失う恐怖のない毎日を選んだ。そういう小さな満足の中で生きていこうと思っていた。

なのに、この違和感はなんだろう。サイズのちがう服を着ているような、どうしてこんな窮《きゅう》屈《くつ》な服を着ているんだろう、脱ぎたい、でも脱げない、脱いではいけないというもどかしさ。

「……もしかして、おにいちゃんの片思いなんでしょうか」

仁居は我に返った。

「どうしよう。わたし、すみません。先走って勝手なことをたくさん言って」

千夏はうろたえはじめ、仁居も慌てた。

「つきあってます」

「え?」

「大丈夫です。俺は国立くんとおつきあいをさせていただいてます」

はっきり告げると、千夏は仁居を真顔で見つめた。

「仁居さん、おにいちゃんを、ちゃんと好きなんですね?」

「は、はい」

「どれくらい?」

「はい?」

「おにいちゃんはすごく仁居さんのことが好きです。仁居さんは?」

じりっと耳の縁が焦げた。以前、国立からも同じことを聞かれたことがある。

「答えてください。わたしにはとても大事なことなんです」

泣きそうな顔で問われ、熱が顔全体に広がっていく。

「お、俺も国立くんが、すごく好きです」

なぜこんな恥ずかしいことを初対面の人に言わなければいけないんだろう。

真っ赤な顔でうつむいていると、よかった……と千夏が安堵のまじった息を吐いた。

「仁居さん」

うつむいたまま、はい、と答えた。もう帰りたい。

「今度のお盆、おにいちゃんと一緒にうちにいらっしゃいませんか」

反射的に顔を上げてしまった。

「いや、そんな厚かましいことはできません」

「嫌ですか？」

ああ、まただ。その目。その問い方。この兄妹は本当によく似ている。

「俺は男ですよ」

「知ってます」

「家に入れて怖くないんですか？」

瞬間、千夏の目に動揺が現れた。

「……それは、少し」

「じゃあ、駄目じゃないですか」

「でも仁居さんはおにいちゃんの恋人だから、他の男の人とは全然ちがいます」

千夏の手がスカートの布地をぎゅっとつかむ。

「おにいちゃんを自由にしてあげたいんです。でもいきなりは自信がなくて、だから少しずつ慣れていきたくて……仁居さんには申し訳ないと思っています。どうかお願いします」

必死な目に、藁《わら》にもすがるという言葉が浮かんだ。

本当に追い詰められると、そんなものにすがっても無理だろうというものにすら全力でつかみかかってしまう。馬鹿だ。でも理解できてしまう。

世の中にはあふれるほど人がいるけれど、千夏にとって国立を失うことは、ひとりになるのと同じ意味を持つ。実際は国立はなにがあろうと千夏をひとりにはしないし、そう感じてしまう千夏のメンタルの問題だ。それに立ち向かおうと、千夏は必死でもがいている。

「わかりました」

そう言うと、自分から言い出したくせに千夏は驚いた。

「いいんですか？　本当に？」

「はい、お盆にお邪魔します」

頭を下げると、千夏も慌てて頭を下げた。

この人は国立の妹で、国立ととてもよく似ている。

そして、なぜか自分にもよく似ている。

国立は五日で退院し、一週間の自宅療養になった。夏休み中でよかったと安心する一方、アーチェリー部の代理顧問は別の教師が受け持つことになった。職員室ではひそかにアーチェリー部の呪いとささやかれていると国立から聞き、仁居は笑った。

仁居はニーニと一緒に国立の部屋に通い、身の回りの世話をした。毎日、合鍵を使って部屋に入る。鍵は一日ごとに手になじんでいき、もう返せなくなってしまった。

今日は午前中から国立の部屋にきた。昼に冷やし中華を食べてから、今夜の授業準備をさせてもらった。少しでも頭に入りやすいようにと、人気のある漫画の中から使えそうなセリフを英訳していると、ふぁっとおかしな声が響いた。そちらを見て、仁居は目を見開いた。

「ニーニ！」

さっきまでラグの上でおとなしく寝ていたニーニが、ソファで昼寝をしている国立の腹の上に乗っていた。急いでニーニを下ろすと、ふうと国立が息を吐いた。

「うあー、すごいバイオレンスな起こされ方だった」

国立が泣きっ面で腹をさする。

「ニーニ、国立くんはお腹切ったばっかりなんだから」

国立に甘えているところを引きはがされ、ニーニは不満そうにむすっとしている。

「はい、機嫌直してここにいなさい」

自分のあぐらの中に座らせて仕事に戻ったが、右頬に国立の視線を感じる。無視していたがどうにも気になってしまい、視線をノートに落としたまま苦情を言った。

「あんまり見ないでくれると助かるんだけど」

「なんで」

「仕事に集中できない」

「綺麗だから、つい見とれるんだよ」

「……あのねえ」

たまらずそちらを見ると、国立は悪びれずにほほえんだ。じわりと耳が熱くなる。

国立の視線は、女生徒の足首に巻かれたアンクレットと同じだ。鍵からはじまって、こんな形のないものまで使われては、もう抗いようがない。国立は国立であるだけで、仁居をしばるなにかになってしまった。なのに不安はない。窮屈でもない。ただ甘く苦しい。

「ところで、仁居さん」

「うん?」

「昨日、千夏に聞いてびっくりしたよ。お盆のこと」

「ああ、うん」

千夏から聞いたほうがいいだろうと、自分からはあえて言わなかった。

「仁居さんは素敵な人だとか、今まで迷惑かけてごめんとか、自立するとか、あいつ、自分が邪魔になってるとか変な勘違いしてるんだよ。そうじゃないって言ったけど全然聞かない。俺のほうもいっぺんに言われてパニックになったけど。まさか腹切られてるときに、そんな激しい事態になってるとは思わないじゃないか。まさかの本人不在のカミングアウト」

「ごめん。流れ的にごまかしようがなくて」

「しかたないよ。それより仁居さんにも迷惑かけてごめん」

仁居は苦笑いで首を横に振った。

「俺のことはいいよ。それより千夏さん、今は混乱してるんだよ。だからそのままの形で受け止めてあげるのがいいと思う。それで千夏さんの気持ちが落ち着いたら、お正月は今までどおり兄妹ふたりで過ごしてほしい。無理に今までの形を変えなくてもいいと俺は思ってる」

しかし国立は複雑そうな顔をした。

「それはそれで、俺がさびしいんだけど」

「でも、一緒にいたいって言われたら困るだろう?」

「仁居さんが本気でそう言ってくれるなら、俺も本気で考えるよ」

思いがけない真剣さに、一瞬、返事に詰まった。

「言わないよ。俺はひとりは慣れてるし」

「そんなことに慣れる必要ない」

国立が顔をしかめる。

「そうだね」

仁居は曖昧に笑い、ふたたびノートに視線を落とした。

十七歳からずっとひとりだ。好きでそうなったわけではないけれど、十年かけてそれを当たり前にしてきた。今さら覆《くつがえ》すほうが怖い。今度のお盆は不可抗力だけれど、兄妹の中にひとりの他人という図式はくつろぎとはほど遠く、多分、その居心地《いごこち》の悪さに救われるだろう。あんまり楽しい時間を過ごしてしまうと、次にひとりで過ごすことが怖くなる。

「さびしいときはさびしいって、ちゃんと感じないと駄目だよ」

国立が腹を庇《かば》いながらよいしょと身体を起こし、こちらにやってきた。

「感情だって錆《さ》びるから、使わないと自分がさびしいのかどうかわからなくなる」

「わかった。考えるよ」

「その言い方は考えない言い方。俺は真面目に言ってるのに」

うしろからのしかかるように抱きつかれ、仁居は重いよと笑った。自分がさびしいなんて、わからないほうが幸せだ。そう思ったけれど口には出さなかった。

「俺は仁居さんが好きで、たまにさびしくなるよ」

「ありがとう」

「お礼じゃなくて、もっとぐいぐいきてほしい」

「ぐいぐい？」

「こんな感じ」

そう言い、仁居の首筋に頬をくっつけてくる。

「俺は国立くんにすごく甘えてるよ」

「どこが」

「ほんとだよ」

嘘じゃない。自分的にはもう臨界点《りんかいてん》に近い。

「全然だよ。もっとニーニみたいに、切った腹にのるくらい傍若無人《ぼうじゃくぶじん》に甘えてほしい」

「めちゃくちゃだ」

思わず吹き出すと、国立も笑いながら腰に手を回してくる。

「国立くん、苦しい」

「そんなに力入れてないよ」

でも、苦しいのだ。国立がくれる言葉や態度のひとつひとつが積もって、気持ちの喫水線《きっすいせん》を押し下げていく。積載量はとっくにオーバーで、そのうち沈没するかもしれない。

「俺よりも、千夏さんのことを気にしてあげなよ」

「気にしてるよ。千夏といるときは千夏のこと、仁居さんといるときは仁居さんのこと」

「国立くんが一番大変だ。板ばさみで」

「それ、千夏も言ってた。そういうところ、千夏と仁居さんは似てるよ。お母さんとあたしの板ばさみで大変って謝られる。そんなこと俺は思ってないのにって、たまに嫌になる」

嫌という言葉にどきりとしたが、腰を抱く腕に力がこもった。

「でもそれ以上に、大事で大事でたまんなくなるんだよ」

背中に頬をつけたまま話すので、声の振動が直接伝わってくる。肉や骨をくぐって、細胞のひとつひとつに国立の声がとけて、しっかりと自分の中に根づいてしまう。

一度根づいてしまったら、引きはがすときは血が出るんだろう。

不吉なことを考えながら、仁居は動かないペン先に視線を落とした。ノートに青色のインクがじわりじわりとあふれて滲んでいく。まるで抑制できない感情みたいに――。

今までなら、国立と距離を取ろうとしたと思う。でももうそれすらできなくなって、伝わってくるあたたかいものに溺れきってしまわないよう、じっと耐えるしかない。


帰省用の手土産を買った。チョコレートにしようと思っていたけれど、この気温ではとけそうだ。ちょうど老舗《しにせ》の煎餅《せんべい》屋の新商品が目についたのでそれを買った。

ニーニを連れて、国立と一緒に電車に揺られた。楽しそうな親子連れ、カップル、友人のグループ。いつもは苦手な休日の町が、今日は優しく感じる。電車を降りて十分ほど、緑と親子連れが多い落ち着いた町を歩いていく。千夏のマンションは公園の斜め前にあった。

「お盆の間、お世話になります」

「せまいところですけど、ゆっくりしていってください」

通された居間で挨拶をするふたりの横で、国立がニーニを放していいかと聞く。ニーニは電車に乗るのは初めてで、移動の間ずっとキャリーの中で怯えていた。千夏がどうぞと答え、国立がキャリーを開けるが、やはり怖がって出てこない。

「ニーニ、出てこい。おばちゃんちだぞ」

「おばちゃんって誰のこと?」

千夏が驚いて国立を見たと同時、ニーニがキャリーから飛び出した。きゃっと小さく声を上げた千夏の足元をすり抜け、一直線に隣の部屋へと走っていく。それを国立が追いかけていく。いきなりふたりきりにされ、仁居と千夏はぽかんと向かい合った。

「すみません。うちの猫まだ子供なんで元気があまってるんです」

「真っ白でかわいい子ですね。おにいちゃんと一緒に拾ったんですよね」

「はい。最初は国立くんの部屋であずかってもらってて……。あ、これどうぞ」

手土産を渡すと、ありがとうございますと千夏は頭を下げて受け取った。

「あ、これ」

千夏がつぶやき、それから仁居を見た。ふたりで意味深に笑い合ったあと、お茶を淹れてきますねと千夏が立ち上がった。千夏が台所にいったあと、ニーニを抱いた国立が戻ってきた。

「ニーニ、ここは国立くんの妹さんの家なんだから、頼むからいい子にしててくれよな」

「まあまあ。暴れてもせいぜいカーテンビリビリにするくらいだろ」

「大惨事だよ」

顔をしかめると、国立はニーニを床に下ろし、自分は正座で腰を下ろした。

「仁居さん、四日間、どうか千夏のお願いにつきあってやってください」

国立は手をついてラグに額をつけた。いいお兄ちゃんだなあと感心していると千夏が盆を手に居間に戻ってきて、あ、と小さく声を上げた。

「ごめんなさい。いい雰囲気だったのに邪魔しちゃって」

千夏がアイスティーをテーブルに置きながら申し訳なさそうに言う。

「土下座のどこがいい雰囲気なんだ」

国立が突っ込みを入れる。そして茶受けの菓子を見て首をかしげた。テーブルにはアイスティーと、仁居が持ってきたチョコレートでコーティングされた柿の種が出ている。

「千夏、お客さんに出すには挑戦的すぎる組み合わせじゃないか？」

「え、仁居さんにもらったのよ？」

えっと国立が仁居を見る。

「柿の種とチョコレートを一緒に食べるとおいしいんだよ」

国立はええーと顔をしかめる。

「おにいちゃん、知らないの？」

ねえとほほえみ合う仁居と千夏に、国立はまばたきをした。

「なに、その通じ合ってる感」

まあまあ食べてみなよと勧めると、国立は渋々《しぶしぶ》という感じでチョコレートがけされた柿の種に手を伸ばした。難しい顔で咀嚼し、あれっという顔をする。

「なんだこれ、うまいな」

国立が次々手を伸ばし、だから言ってるのにと千夏と仁居も手を伸ばし、室内はぽりぽりという音と、うまいなとか、組み合わせの勝利ねとか、というのんびりとした会話で満ちた。たわいない菓子で緊張がほどけると、国立と千夏はスーパーに夕飯の買い物にいき、仁居はニーニの寝床とトイレを作った。新しいトイレでニーニがなんとかおしっこをし、落ち着きを取り戻したころ、ふたりがすごい量の食材を手に帰ってきた。

夕飯は鉄板焼きだった。豊富な具材の中にはなぜか春巻きもあった。外側はぱりっと、中はチーズと大葉が巻かれていてビールに合う。千夏はニーニのご飯まで手作りしてくれた。

「ニーニ、すごいなあ。白身魚のゼリー寄せなんて俺も食ったことないぞ」

国立が話しかけても、ニーニはご飯に夢中で完全無視を決め込んでいる。

「ああそーですか、そーですか、命の恩人より飯ですか」

「おにいちゃん、ご飯中に邪魔すると嫌われるわよ」

「大丈夫、ニーニは俺が大好きだ」

「おにいちゃんって幸せだよね」

「どういう意味だ」

「そのままよ」

ふたりの会話を聞きながら、仁居はつい笑ってしまった。

兄妹っていいなと思い、ふと従姉妹《いとこ》のみちるを思い出した。最悪な縁の切り方になってしまったけれど、小さいときは「あっくん、あっくん」と仁居のうしろを妹のようについてきていた。なにごともなかったら、今ごろこんなふうに楽しくやれていたんだろうか。

なんだか不思議に感じた。昔のことは思い出すのも嫌なはずなのに、ふたりから漂う家族的な雰囲気が、そうだったかもしれないもうひとつの未来を見せてくれる。

「……そういえば」

野菜を裏返しながら、千夏が思い出したようにつぶやいた。

「ちょっと相談があるんだけど」

さっきまでのくつろいだ表情とはちがい、横顔がぎこちない。

「うちの近所に図書館があって、資料や小説を借りに結構いくんだけど——」

千夏が日常的に出かけるのはスーパーと図書館くらいで、特に平日午後の図書館は静かで落ち着くらしい。そこにいる男性司書《ししょ》のことだと千夏が言ったとき、国立の顔がこわばった。

「本を探すときはいつも女の司書さんに頼むんだけど、途中でその人に別の用事が入って、たまたま通りがかった男の司書さんにわたしの相手を頼んだの」

それがきっかけでたまに目が合うようになり、そのうち会釈《えしゃく》をされるようになり、ある日、小説を借りたときにこれもおもしろいですよと別の作家の本を勧められた。

「なんだそれ。ストーカーじゃないだろうな」

国立が身を乗り出し、仁居は国立の膝をぽんぽんとなだめるように叩いた。千夏は国立の剣幕《けんまく》に驚いたのか、うつむきがちに困ったように髪先にふれている。

「千夏さん、勧められた本は読んだ？」

仁居が問うと、はいと千夏はうなずいた。

「おもしろかった？」

「すごくおもしろかったです」

千夏が小さな声で、しかしはっきりと言った。

「別に話をしたりはしないんですけど、それからもその人とは目が合って、わたしからも会釈をするようになって、たまに本を勧められり、それが一年半くらい続いたんです」

——一年半も？

そこで国立と仁居はこっそり顔を見合わせた。

とにかく、そういうそこはかとないつきあいが続いていたのだが、先日、いつものように勧められた本にメモがはさんであった。『よろしければ、今度、お茶でもいかがでしょうか』というメッセージに千夏は驚き、あまりに古典的かつスローリーな展開に仁居と国立も驚いた。

「……で、返事したの？」

国立の問いに、千夏は首を横に振った。

「どうしていいかわからないから、おにいちゃんに相談しようと思って」

「もしかして、こないだ俺を呼び出したのってそれか？」

千夏がうなずき、国立は目を見開いた。

「一ヶ月も前じゃないか。それ絶対断られたと思ってるぞ」

「……やっぱり、そうかな」

千夏は泣きそうな顔でうつむいてしまい、仁居は国立の脇腹をつついた。国立がはっとし、助けを求めるように仁居を見る。しかし仁居もこういうのは得意じゃない。

「ち、千夏さん、大丈夫だよ。一年半かけてきたものなら一ヶ月くらいじゃ変わらない……と思うよ。でも待ち時間はしんどいものだから、なるべく早く返事はしてあげたほうがいい」

「でも、どう返事をしたらいいのか」

「千夏さんの思うようにすればいい」

「それが、わからないんです」

真剣な目に見つめられる。千夏の大きな目に自分が映っていて、なんだか自分自身に問われているような気になった。どうしていいのかわからない。教えてほしい、と。

「……それは」

なにかを考える前に、口が勝手に開いた。

「今いる場所から出てみないと、わからないんじゃないかな」

千夏は大きな目をより見開いた。しばらくの間、仁居と見つめ合ったあと、千夏はぼんやりとあたりを見回した。優しい兄。兄の恋人である仁居。ふたりの飼い猫のニーニ。千夏の好みのインテリアでまとめられている室内。けっして千夏を傷つけない最後の砦《とりで》。

「……寒い」

ふいに千夏が肩をすぼめた。すごく冷えてるとつぶやきながらリモコンで冷房を切り、立ち上がって窓を開けた。網戸《あみど》越しに真夏の熱い空気が流れ込んでくる。ふいに涼しい音色《ねいろ》が響いた。窓辺に吊るされた風鈴が鳴り、ニーニが耳を鋭い形にとがらせた。

「……そっか。うん、やっぱりそうなんですよね」

網戸越し、千夏はおもちゃみたいな小さな今夜の月を見上げた。それから小さくうなずくと、果物でも切ってきますねと台所へいってしまった。

「え、なに今の。その男とデートするってこと？」

国立が我に返ったように仁居を見る。

「さあ、どうだろう」

「そいつのこと好きなのかな」

「少なくとも、嫌ってはいないように思えたけど」

「でも千夏は今まで男とつきあったことがないのに」

「ずっと、そうでいてほしい？」

問うと、国立は真顔になった。いや……と首を横に振ってうなだれる。

「確かに、このままでいいわけはないんだけど」

そう言いながらも、国立の声は複雑な色を帯びている。しかたない。長い間、大事に大事に守ってきたのだ。前進の喜びよりも先に、愛情ゆえの不安が渦巻いているのだろう。

長い間、自分の中にも千夏と同じ問いがあった。このままではいけないとわかっているのに、気持ちの置き所がわからない。それでも毎日は容赦《ようしゃ》なく過ぎていき、痛いからとふれないようにした結果、いつの間にかひどくこじれてしまったもの。

——今いる場所から出てみないと、わからないんじゃないかな。

あれは、自分自身に向けた言葉だった。

——やっぱりそうなんですよね。

千夏も本当はわかっていたのだ。認めたからといって、すぐにすべてがよくなるなんて、そんな都合のいいことはない。それでも見ないよりはいい。難攻不落《なんこうふらく》の要塞《ようさい》みたいに、自《みずか》ら固めた城の跳《は》ね橋に手をかけた。その程度の前進でも——。

「……俺、駄目だなあ」

隣で国立がつぶやいた。体育座りで膝に顔を伏せている。

「今のままじゃよくないってわかってるし、いつかはこうなってほしいって思ってたのに、いざとなるとびびる。大丈夫なのかって心配ばっか先に立つよ」

仁居は国立の大きな背中に手を当てた。

「見守るしかないよ」

「……うん」

国立はうなだれたまま、ありがとう、と言った。

「今夜、仁居さんがいてくれてよかった。俺だけだったらもっと動揺してた」

仁居はなにも言わず、ただ国立の背中をさすった。そうしながら自分自身も励ましている。自分も国立も千夏も、みんなどこかが欠けていて、欠けたままでもなんとか生きている。

室内には肉や野菜が焼ける匂いが立ち込めて、それを払う夏の風が風鈴を鳴らす。ニーニが不思議そうに耳をそばだて、台所から千夏が包丁《ほうちょう》を使う音がかすかに聞こえている。

遠い昔、母親と手をつないで歩いた春の川べりみたいな夜だった。


夏も過ぎ、十月はじめの日曜日だった。

昨夜から国立が泊まりにきていて、ベーコンエッグの簡単な朝食を作った。

「国立くん、今日、帰ってくるの七時くらい？」

「うーん、もう少し早く帰れると思う」

せっかくの休みだというのに、国立は弁論部の手伝いで他県に出張にいく。

「日曜日に仕事なんてついてない」

「そう言わずにがんばって、運転手さん」

「若いからってだけであっちこっちコキ使われて」

「必要とされてるんだよ。はい、早く食べて用意しないと遅刻するよ」

そう言うと、へーいと国立はしかめっ面でトーストをかじった、
お盆に千夏のマンションに招かれてから、自分たちの関係はなんとなく変わった。国立が泊まっていくことが増えて、こういう朝食風景も珍しくない。

性行為はするときもあるし、しないときもある。仁居自身、恋愛経験が豊富ではないし、これが多いのか少ないのかはわからないけれど、たとえば少なかったとしても、そのことに関して不満はない。感じる場所は身体だけではなく心にもあって、国立の手はいつもそこに優しくふれている。

「じゃあ、いってくる。帰る前に電話するから夕飯一緒に食べよう」

国立が玄関で靴を履きながら言う。

「長距離運転だし、気をつけて」

「仁居さんも、のんびりしときなね」

大きな手が首のうしろに回り、自分からも顔を寄せた。ふれるだけのキスをかわし、いってきます、いってらっしゃいと手を振り合い、国立は出ていった。

国立を見送ったあと食器を洗い、適当に掃除をしてしまうともうなにもすることがなくなってしまった。コーヒーを淹れて、窓辺に腰を下ろしてニーニと川べりの風景を眺めた。このごろは休みといえば国立と過ごしていたので、ひとりの休日は久しぶりだ。

ふたりでいても特別なにをするでもない。国立はそろそろ担任を持つ時期で忙しいし、塾講師の仁居もこれから受験の追い込みで忙しい。お互い持ち帰りの仕事をやっつけるのが先で、片方が終わり、片方はまだのときは、終わったほうが読書や昼寝やちがうことをして相手が終わるのを待つ。夕飯だけは一緒に食べる。

先日、国立から千夏が勇気を出して図書館にいったことを聞いた。誘いを受けてから一ヶ月以上が経っていて、司書の男と話をする勇気までは出ず、向こうも話しかけてこず、しかたなく本だけ借りて帰ってきたら、またメモがはさんであった。

『先日は失礼しました。お茶の誘いは取り下げるので、また本を借りにきてください』

千夏は本の返却にいったとき、メモを一緒に渡した。

『こちらこそ、お返事が遅れてすみませんでした。またの機会をお待ちしています』

一週間後、本を借りにいったらメモがはさまれていた。

『それは、またお誘いしてもいいということでしょうか』

現在、進んでいるのはここまでだ。平安時代じゃあるまいし、ちょっと相手の男ものんびりしすぎじゃないかと、国立は最初とはちがった心配をしているのがおかしかった。

その話と一緒に、今度のお正月はどうすると問われた。夏が終わったばかりで気が早いよと笑ったら、千夏もきてほしいって言ってるし一緒に帰ろうよと言われた。家族みたいな言い方に胸苦《むなぐる》しいほど嬉しくなって、泣きそうになって、自分でも驚いた。

あのとき、我慢せずに泣いたらどうなったんだろう。

素直に嬉しいと伝えればどうなったんだろう。

自分をしばりつけて、動けなくさせるものを立ち切ることができたんだろうか。

窓から吹き込む風が、ふわふわと前髪を揺らしている。

夏の間よりも涼しいそれを受けながら、今夜、言おうと思った。

――今年の正月も、一緒に八王子に帰りたい。

窓辺から立ち上がり、財布を手にスーパーにでかけた。国立はなにを食べたいかなと考えながら野菜や肉を買い込んで帰り、冷えたビールを飲みながら料理を作った。最近ウオッカの出番がない。理由はわからない。『飲まなくてもしのげる』ようになった。

夕飯を作ってしまうと、あとは待ち時間との戦いだった。好きな人を待つ時間というのは、心躍《こころおど》りすぎて長く感じる。猫じゃらしをけしかけ、ニーニと遊んで過ごした。

夕方になって、携帯で時間を確認するついでにネットニュースを見ると、高速道路での事故の速報が入っていた。高校生の乗る車にトラックが追突したと出ている。

国立が勤める高校の名前を見て、驚いてテレビをつけた。夕方のニュースでちょうど事故のことをやっていて、フロントガラスが割れたトラックと、後部のへこんだワンボックスカーの映像に重なって、運転手と生徒が病院に搬送されたというテロップが流れた。

国立の携帯に電話をしたが、つながらない。もう一度かけたが駄目だった。膝から力が抜けてしまい、その場にへたり込んだ。テレビはニュースを終え、日曜夕方からの国民的アニメを流しはじめた。にぎやかなオープニングの音楽が右耳から左耳に通過していく。

落ち着こうと、胸に手を当てた。

落ち着こう。

落ち着かなければいけない。

けれど思考がその先に進まない。頭の中が白紙の答案のようで、ぺたりと座り込んだまま、目がアニメの映像をぼんやりと映している。映すだけで自分の中に流れ込んでこない。ニーニがそばにやってくる。小さな手が膝にのる。そこだけで世界とつながっている気がした。

ぼうっと座っていると、玄関から鍵の回る音がした。

「仁居さーん、ただいま」

びくりと身体が震えた。

「仁居さん、ただいま。ごめん、充電切れて電話できなかった」

見ると、こちらにやってくる国立が目に映った。

「テレビ見てるの珍しいね。しかもサザエさんって」

国立がいつもと変わらない調子で笑い、テレビの前に座り込んでいる仁居に、はいとパンダのイラストが描かれた紙袋を渡してくる。東京駅でよく見る土産の菓子だった。

「途中で気分が悪くなった生徒がいて、顧問の先生は他の生徒の面倒もあるし、先にその子と電車で帰ってきたんだよ。向こうの名物買ってこようと思ってたのにごめん」

パンダのイラストから顔を上げ、国立はぎょっと目を見開いた。

「なんで泣いてるの？」

その問いに、仁居は首をかしげた。

泣いているという自覚がないまま、ぼたぼたと涙がしたたり落ちてくる。

国立は呆然と自分を見ている。白紙だったり、からっぽだったり、とにかくがらんとした場所に、一気に国立が流れ込んでくる。すさまじい勢いで、堰《せ》き止めようがない。

呆然と、無抵抗の状態で呑み込まれた。

熱を含んだ感情がせり上がってきて、すごい声になって飛び出した。

手放しで泣いている自分が信じられなかった。

国立を失うのかと思った。でも、もう以前のような暮らしには戻れなくて、失うくらいなら生きていたくないと思った。死にたいのではなくて、生きていけないと思った。

そのふたつは、似ているようでまったくちがう。

好きだから、どこにもいかないでほしい。

誰よりも大事だから、ずっとそばにいてほしい。

めちゃくちゃに泣きながら、言葉はほとんど形になっていなかった。

国立はわけがわからないまま、ありったけの力でしがみつく仁居を抱きしめて、うん、うん、大丈夫、大丈夫、ここにいる、とずっと背中を叩いてくれていた。

「……ごめん」

ようやく嵐が去ったあと、まだ引きつる声で謝った。

「ちょっとは落ち着いた?」

鼻をすすりながらうなずくと、よかったとまた抱きしめられた。優しくされると、また涙がこぼれる。ごめん、ごめんと、なにに向かってかわからないけれど謝った。

「いきなり泣きだすからびっくりしたけど、仁居さんの気持ちが聞けて俺は嬉しい」

国立の腕の中で優しく圧迫されて、幸せで息が詰まった。

「なにかあったの?」

その問いに、ようやく思い出した。

「あ、そ、そうだ、ニュースを」

「ニュース？」

「国立くんの高校の車が高速で事故を起こしたって」

国立は目を見開いた。ちょっとごめんと身体を離し、テレビのリモコンを取る。ニュース番組を探したがやっていなくて、携帯を出したが充電切れで、仁居は自分の携帯を差し出した。

ニュースサイトを見て、国立は電源貸してと自分の携帯を充電させながら学校の関係者に電話をかけた。慌ただしくなにかを話し、すぐにいきますと答えて電話を切った。

「ごめん、ちょっと病院いってくる」

国立は立ち上がり、ふっと我に返ったように振り向いた。

「仁居さん、大丈夫？」

ぺたんと床に座り込んだまま、仁居は国立を見上げた。

「……あ、うん」

仁居は急いで濡れている目元をぬぐった。今は自分のことは後回しだ。しかし国立は心配そうに仁居を見下ろし、少しの間なにかを考え、仁居の手を取った。

「よし、一緒にいこ」

えっと仁居はまばたきをした。

「今はひとりにしたくない」

国立は力強く言った。

タクシーで病院に着くと、ロビーに保護者が集まっていた。

ここで待っててと言い置いて、国立はそちらに走っていく。仁居は『ここ』と言われた待合のソファに腰かけ、少し離れた場所から国立の姿を眺めた。

国立は学校関係者から慌ただしく説明を受けたあと、保護者の対応に当たりはじめた。うっすら聞こえてくる声を拾うと、みんな命に別状はないということだった。

ほっとして、膝の上で組んでいた手から力が抜けた。息を吐くと、安心と入れ替わりにじわりと羞恥が湧いてきた。やってしまった……という言葉が浮かぶ。

大の男が子供みたいな泣き方をしてしまった。取り乱している自分を見かねて、国立はこんな状況にもかかわらず自分を連れてきてくれたのだ。嬉しさよりも申し訳なくなった。

——おまえの愛情は重い。

久しぶりに佐田の言葉を思い出した。

本当にその通りだと、うなだれるしかない。

けれど、そういう自分を戒めようという気持ちにもならない。

そうならないよう、長い間、努力してきたのに駄目だった。自分は国立が好きで、好きで、もうとどめようがない。だからもうあきらめる。あきらめて、この不安ごと受け入れる。

深く呼吸をすると、諦観《ていかん》によく似た安らぎが胸に迫ってくる。

弱くて、小さくて、孤独な自分の愛情は、みっともないほど重い。

けれど、そういう自分を愛してくれる人がいる。

だったら、もうそれでいい。

これからはどこにでもいっていいし、いくらでも愛していい。

——たくさん愛して、愛されて、恭明はずっと幸せに生きていって。

少し遅れて母親の言葉が浮かび上がってくる。

目をつぶって、仁居は静かにその言葉をかみしめた。

携帯を取り出し、国立にメールを打った。病院のコンセントを借りているので充電はできているだろう。なんてことのない文章を、一文字一文字、丁寧に打ち込んでいく。

国立くんへ
大変なときに迷惑をかけました。
気持ちが落ち着いたので先に帰ります。
俺のことは気にせずに仕事をがんばってください。
いろいろとありがとう。
大好きだよ。

送信を押して、薄暗いロビーのソファから静かに立ち上がった。一歩を踏み出すと、ぷつりと音が聞こえた。長い間自分をしばっていた糸の、最後の一本が切れた音だった。こんなに自由な気分は初めてで、どこまでも歩いていけるような気がした。


深夜、ニーニを胸に窓辺に座って川べりを見ていると、ひっそりと鍵の回る音がした。ニーニがぴくりと耳を立て、仁居の胸から飛び降りて玄関に向かった。

「おかえり」

出迎えると、ただいまと国立が仁居の肩に顔を伏せた。

「おつかれさま。大変だったね」

大きな背中を優しく叩いた。国立がそうしてくれたように。

「なんとか収まったよ。みんな軽い怪我ですんでよかった」

くたりと仁居に身体をあずけている国立から、色濃い疲労が伝わってくる。

「ひとりにしてごめんね」

「なに言ってるの。俺のほうこそだよ」

もう一度、おつかれさまの意味を込めて背中を叩いた。

「メール読んだ。最後のあれ、すごく嬉しかった」

ぎゅっと抱きしめられて、気持ちの喫水線がすうっと深くなる。

沈みそうな不安と甘さのはざまで揺れる気持ちを、今は愛しいと思える。

「国立くん、お腹空いてない？」

「空いた」

「なにか作るよ」

「こんな時間からしんどくない？」

「全然」

「じゃあ食べる。ありがとう」

料理を温め直して、ふたりで向かい合って食事をした。空腹が満たされたあと、汚れた皿をシンクに運び、洗うのは面倒くさくてそのままにしておいた。

「明日洗おう」

「それがいい」

ふたりで手をつないで寝室へいく。うしろからニーニがついてくる。小さなベッドにふたりと一匹でくっついて、キスをして、吸い込まれるように意識を手放した。

怖い夢も、美しい夢も、なにも見ず、ただしっかりと手をつないで深く眠った。

エピローグ 2015

EPILOGUE 2015

夜中に仁居《にい》が起きだす気配に、国立《くにたち》も目を覚ました。台所の蛇口をひねる音が聞こえ、しばらくすると仁居は戻ってきた。そっとベッドにすべりこんでくる細い身体を抱きしめた。

「ごめん、起こした？」

「……うん。なにしてた」

「喉渇《かわ》いて、水飲んできた」

そう、とキスをすると仁居の唇は濡れていた。瑞々しさをわけてもらうようにくちづけをかわすうちに目が覚めてしまい、つられて腹も元気づいてしまった。

「あれ食べたいな」

「うん？」

「前に作ってくれたやつ。フライパンで焼くサンドイッチ」

「材料あるし作れるよ。でもこんな夜中に？」

「駄目？」

問うと、しかたないねと言いたげに仁居はうなずき、ふたりでベッドを抜け出した。

秋も深まって夜が寒い。肩を抱いていると、先日買ったノルディックセーターを渡された。国立はトナカイ模様《もよう》、仁居は雪の結晶模様を選んだ。あたたかくて気に入っている。

仁居が食パン二枚にバターを塗っていく。チーズとハムをはさんで、バターの面を下にしてフライパンで両面六分ずつ焼く。その間に国立がホットミルクを淹れる。焼き上がったサンドイッチに仁居が包丁を入れる。さくりと軽い音。断面からとろりとチーズが流れ出る。

熱いとか、持つとき気をつけてとか話しながら、真夜中の台所で夜食を食べた。空腹が満ちて、煮詰まった飴《あめ》みたいな眠りがやってくる。明日は日曜日で寝坊ができるし、向かいでは仁居がマグカップを手にふうっと息を吹きかけている。

ゆるやかに、ミルクがあふれるように幸せがあふれた。

「仁居さん」

「ん？」

「一緒に住もうか」

「ん？」

「俺、仁居さんと暮らしたいよ」

仁居はマグカップを手に目を見開く。

国立は小さくほほえみ、先日の夜のことを思い出した。

先週、国立は久しぶりにへまをやらかした。行為の最中にふと過去が脳裏をよぎり、続けることができなくなった。あのときは本当にわけがわからなくて泣きたかった。

千夏《ちなつ》と司書の男は、相変わらず手紙のやり取りを続けている。平安時代でももう少しスピーディーだろうというほどの慎重さだが、それくらいの男のほうが国立は安心できる。きっといつかはお茶を飲めるようになるだろう。千夏は仁居に好感を持っていて、仁居も千夏を妹のようにかわいがってくれる。今年の正月も三人で過ごす。いろいろなことが、ゆるやかだけれど明るい方向に動き出していると思っていた矢先だった。

――もう治ったと思ってたのに。

ショックを受ける国立を、仁居はなだめるように抱きしめてくれた。

――気持ちの問題なんだから、そんないきなりよくならないよ。

自分だって頭ではそう思う。けれど、じゃあ、いつまでこうなんだろう。仁居となら大丈夫だと自信がついていたのに、こんなことが続いたら仁居も離れていくかもしれない。想像すると冷や汗が湧いてきた。怯えている姿を見せたくなくて全身に力を込めていると、

――大丈夫だよ。国立くん、大丈夫だから。

薄い手のひらが、ずっと国立の背をなでてくれていた。こわばっていた身体がじんわりとほどけていく。ありがとうと言いながら、安堵とみじめさが複雑に交差した。

――国立くん。

夜にとけるくらいの、小さな声で名前を呼ばれた。

——俺の一番感じる場所は身体じゃないから。

意味がわからない国立に、うまく言えないけど、と仁居は続けた。

——身体よりもずっと敏感なところがあって、国立くんは俺のそこにいつもたくさんふれてくれる。俺はすごく気持ちいいし、すごく幸せなんだよ。

仁居の言葉は曖昧で、けれど不思議なほど明確に感情を伝えてきた。なぜならあの瞬間、仁居の手は自分でもどことも知れない国立のある部分にふれていて、それは痛かったねと優しくなでられているようで、あまりの気持ちよさに自分は泣きそうになっていたからだ。

仁居さん、と名前を呼んだ。

うん、と仁居が答えた。

仁居さん、ともう一度名前を呼んだ。

どうしたの、と仁居が小さく笑った。

自分でもなにを言いたいのかよくわからなかった。大きすぎるものを近くから見ても全景がつかめないように、これは一体なんだろうとふれてみる。やわらかくて、あたたかくて、優しい色をしている。自分はこれが好きだ。ちがう。好きだという言葉では足りない。

——愛してるよ。

気がつくと、そう告げていた。今まで誰にも言ったことがない、口にするのは初めての言葉だった。仁居といると、そういうものが次々積み重なっていく。もう少しであふれそうだ。あともう少し、もう少しだと息を詰めてその瞬間を待っていた。

そして今夜、真夜中の台所でとうとうあふれてしまったのだ。

「どうかな?」

問うと、仁居は我に返ったようにマグカップをテーブルに置いた。

「ごめん。急だったからびっくりした」

「驚かせてごめん。仁居さんといたら、ずっとこんな幸せなのかなって思ったから」

笑いかけると、仁居は戸惑うようにまばたきをした。

「駄目?」

仁居は首を横に振った。

「じゃあ、いい?」

仁居はまた首を横に振った。

「どっち?」

「わからない。なんだか怖い」

「なにが怖い?」

問うと、仁居はパン屑の散らばった空の皿を見つめた。

「……嬉しいことって、あんまりいっぺんにくると早くなくなる気がして」

仁居は一瞬、以前のからっぽな、見えないものを見ようとする目をした。テーブルの上で組まれている仁居の手を、国立は両手で包んだ。

「なくならないよ。もっと増やそう」

俺と一緒にと言うと、仁居は笑いたいような泣きたいような顔をした。


休日はふたりで不動産会社を回るようになった。家賃、立地、間取り、雰囲気、暮らしにまつわる様々なことを合致させていくのは楽しく、たまに喧嘩《けんか》もした。

「さっきのところよかったなあ。あの間取りであの安さ」

「でも国立くんの学校が遠くなるよ」

「いいよ、それくらい」

「毎日のことだとしんどいよ。こないだ教師の過労死ってニュース見たし。国立くんもそろそろ担任を持つ時期だし、そうなったら今よりずっと忙しくなる」

おおげさだなあと笑うと、仁居は心配してるんだよと唇をとがらせた。最近、仁居はきちんとノーを言う。当たり前のことだけれど、以前は当たり前ではなかった。

「立地で考えたら、ひとつ前に見た部屋のほうがいいんじゃないかな」

「あそこは駄目だ」

今度は国立がノーと言った。

「隣から犬の鳴き声がした。ベランダ伝いだとニーニが危険だ」

「でもチワワとかプードルとか、小型犬っぽくなかった？」

「それでも駄目だ。ニーニはまだ小さいしなにかあったら大変だろ」

「心配性だね」

「仁居さんに言われたくないんだけど」

そう返し、笑い合った。

そんな休日を何度か過ごし、最後に見たのは川ぞいに建つマンションだった。駅から十分ほど歩いただけで静かな住宅街になる。スーパーがあって、古い商店街もあって、公園にはちゃんと子供が遊んでいた。部屋に入ると、仁居は吸い寄せられるようにベランダに出た。

冬の明るい午後、川べりには等間隔《とうかんかく》で桜の木が植えられている。

「春になったら綺麗だろうね」

手すりに肘を置いて仁居が目を細める。夜の中、闇に沈んで見えない川を眺めていたときの暗い目とはちがう。きっと今の仁居の中には美しいものがあふれている。

「桜、菜の花、野ばら、黄色の帽子、水色のスモッグ、日傘を差したお母さん」

前に聞いた話を思い出して並べていくと、仁居がこちらを見る。

よく覚えてるなあと言いたそうな目をしている。

「ここに決めようか」

問うと、仁居は少し考えてから、うん、とほほえんだ。


引っ越し準備が進む中、国立は高校のバスケットボール部の試合を仁居と見にいった。顧問代理や引率ではなく、普段から懐いている女子生徒に見にきてほしいと頼まれた。会場の総合体育館では祭日ということもあり、他の競技の試合も行われていて人が多い。

「すごくにぎやかだね。あ、卓球の試合もやってる」

仁居が珍しそうにあたりを見回す。

「仁居さんはあんまりこういうところにこない？」

「非常勤講師だと部活はなかなか縁がないね」

バスケットコートを見下ろせる二階席へいくと、くにたっちゃーん、とよく響く声で呼ばれた。見ると、ユニフォーム姿の女子生徒が手を振っていた。

「新庄《しんじょう》、見にきたぞ。がんばれよ」

「当たり前、絶対勝つ！」

新庄はVサインをした。一年生で唯一《ゆいいつ》スタメンに選ばれた期待の次世代エースだ。新庄の周りでヒューヒューと冷やかす声が上がり、国立はあれっと思った。

「国立くん、モテモテだね」

隣で仁居が言う。

「やっぱりそういうこと？」

「どう見てもそうだろう？」

うーんと顔をしかめた。今の時代、異性の生徒との親交は気を遣う。教師と生徒のラインはしっかり引きつつ、親しみも維持するという難しいことを求められる。

「といっても、彼氏ができたら教師相手の疑似《ぎじ》恋愛なんて忘れるもんだけど」

「それが一番いいよね」

仁居の横顔は穏やかで、そこからなにかを読み取ることはできない。

「まあ愛だ恋だは置いといて、あいつら朝起きてから寝るまで、だらだらしてるときでも無自覚にエンジン全開だからなあ。教師はせめて危ないほうにいかないよう見守るくらいが精一杯で、たまに歯がゆくなるよ」

「うん、わかるよ」

仁居はうなずき、優しい顔でコートを見た。

「国立くんを好きになった子は見る目があるね。俺も十七歳のころ、国立くんみたいな人を好きになってたらなにか変わってたのかな」

「それはわかんないよ」

即答すると、仁居がこちらを見た。

「十七歳の仁居さんはすごくかわいかっただろうし、俺もこんな冷静でいられないよ。理性が飛んで後先考えず恋に落ちて、仁居さんをどっか連れ去ってたかもしれない」

「どこにでもついていくよ」

「先生をそそのかさないように」

横目で見ると、仁居はおかしそうに笑い、ふと遠い目をした。

「高校生のころの俺は、すごく馬鹿だったな」

今、仁居の胸に佇《たたず》んでいるのが誰なのか、想像すると胸が焦げた。過去に嫉妬するなんて不毛すぎる。自分の未熟さにあきれていると、威勢のいい声が響いた。

新庄たちがコートで円陣を組んでいる。ホイッスルが鳴り、試合がはじまる。国立も仁居も声を張って応援した。いい勝負だったけれど、惜《お》しくも負けてしまった。新庄は悔し泣きをしていて、仲間から肩を叩かれたあと、思い出したように二階席を見上げた。

「くにたっちゃん、次は絶対勝つから！」

盛大な泣き顔で言われ、国立はガッツポーズを返した。

「うん、エンジン全開だ」

隣で仁居が感心したようにつぶやいた。

コートに次の試合のチームが入ってきたので、ふたりでロビーへ出た。

「しかしあいつ、くっちゃくちゃの顔して泣いてたな」

「かわいかったね。大人の女性にはできない泣き方だ」

自動販売機で飲み物を買っていると、「国立先生」と声をかけられた。振り向くと、うちの高校の生徒が立っていた。背負っている細長いバッグはアーチェリー部だ。

「あれ。おまえら、なんでここに」

「大会なんです。ここ数少ないアーチェリー場がある施設だから」

「ああ、そうなのか」

なんというタイミングの悪さか。まさかアーチェリー部とかち合うとは思わなかった。大会なら指導員の佐田《さだ》もきているはずだ。顔を合わさないうちに早く帰ったほうがいい。

「国立先生、せっかくだし見ていってよ」

「悪い。そうしたいんだが用事があって――」

内心で焦っていると、向こうからアーチェリー部員たちがやってきた。顧問の隣には佐田がいて、こちらに気がついて手を上げる。途中、はっと表情を変えた。

佐田の目は、自分の隣に立つ仁居に注がれている。

少しの間のあと、仁居が黙って頭を下げた。

佐田は呆然とし、すぐ同じように頭を下げた。

アーチェリー部の生徒たちが会場のほうへ歩いていく。

すれちがう短い間、佐田と仁居は視線をかわしあっていた。


「驚かせてごめん」

会場を出てから仁居に謝った。

「国立くんのせいじゃないよ」

そうなのだが、なんとなく責任を感じてしまう。

「話をしなくてよかった？」

「大会前にそんな時間ないだろう」

「そうだけど……。とりあえず俺は佐田さんに詫びを入れないと」

「詫び？」

「佐田さんは、俺と仁居さんが知り合いだって知らなかったから」

佐田の『彼』が仁居のことだと気づいていて、自分はそれを言わず、佐田が語るまま深い話を聞いてしまった。逆の立場だったらいたたまれない。

「佐田さんに、仁居さんと俺が恋人同士だって言っていい？」

「当たり前だろう。国立くんと佐田さんのことと、俺のこととは別だ」

「本当にそう？」

問うと、仁居はふっと考える素振りをした。

「……と思うけどね」

体育館横の運動公園を歩きながら、仁居はうつむきがちに黙り込んだ。

余計なことを言ったことを悔やんだ。今さらなにをどうしても、佐田と仁居の時間は戻らない。それでも仁居は十年も佐田の別れの言葉を引きずって、佐田もその言葉を後悔していた。

「……さっき」

仁居がぽつりとつぶやいた。

「佐田さんと目が合ったとき、気がついたことがあった」

「なに？」

「目が、すごく謝ってた」

それは国立も気づいていた。だからとっさに見ないようにしたのだ。

「ずっと俺に悪いことをしたと思ってたのかな」

その通りだ。でもそれを自分が伝えるのはちがう気がしてやめた。ああ、そういう意味ではやはり国立と佐田のことと、仁居と佐田のことは別なのだ。

黙って聞いている国立の隣で、驚いたんだ、と仁居が続けた。

「さっき十年ぶりに会って、あれって思った。佐田さんってこんなに若かったかなって。四つ上なのは知ってて、でもなんか、ずっと、もっと年上だと思ってた。イメージの話だけど」

「オッサン扱いしてたってこと?」

「そういうと身《み》も蓋《ふた》もないんだけど、でもそうかも。高校生のころ、大学三年生ってすごく年上に感じた。なんでもできる大人みたいに思ってて、そのイメージのまま止まってた」

「順繰《じゅんぐ》りだね。小学生のときは高校生が大人に見えるもんだし」

「うん、高校生も大学生もどっちも子供なのにね」

「感覚だけなら、俺は今だって大人になれた気がしない」

自分の毎日を振り返り、国立はしみじみとうなずいた。

「……俺、ずいぶんあの人に無理を言ってたんだなってさっきわかった」

仁居は休日の明るい空を見上げた。

「言葉にして求めたことはなかったけど、そのぶん、じっと見てた。あなたが俺の世界のすべてで、法律で、すべてあなたの言うとおりにしますって感じで」

「ああ、それは確かに重いかも」

「でもそのときは気づかなくて、ふられて、やっと気づいたのかな。ああ、これはまずいんだなって。だからそのあとは好きな人ができても寄りかからないようにしようとか、好きになりすぎたら怖がられるから気をつけようって思ってた」

「うん、なんとなくそんな感じだった」

「え、気づいてた?」

自分で言ったくせに、仁居が驚いてこちらを見る。

「そりゃそうだよ。やたら俺に合わせてくれたり、かと思えばすごい他人行儀だったり、この人なに考えてるんだろうってすごく悩んだし、いまだかつてないほど悶々《もんもん》とした」

「ごめん」

仁居が顔を赤くする。

「いいよ。今はラブラブだから」

茶化《ちゃか》して手をつなぐと、外だからとふり払われて笑った。

「でも国立くんだけじゃないな。佐田さんのあとにつきあった人たちにも言われた。愛されてる気がしないって。そのたび俺はどうしていいかわからなくなった。好きになりすぎても駄目で、引いても駄目で、じゃあもうひとりでいいやって思ってた。もうこれ以上傷つきたくないって」

「……そっか」

「でも、そんな難しく考えることじゃなかったのかもしれない。あのとき俺は高校生で、佐田さんは大学生で、単に若いふたりがやらかしたってだけの話で」

やらかしたという言い方がおかしくて国立は笑った。誰にだって思い出したくない失敗のひとつやふたつある。思い出すと身悶《みもだ》えしたくなって、でも普段は忘れて生きている。

「仁居さんは真面目すぎるんだ。でも、もうそろそろ若かった自分を許してあげてほしい」

「……うん、ありがとう」

認めるのは悔しいけれど、仁居がどう言おうと、佐田とのことは仁居にとっては長い長い恋だった。それを手放した今の仁居は気負いがなく、身軽そうで、でも少しさびしそうだった。細いうなじが愛しくて、ふり払われてもいいやと手をつないだ。

「外だよ」

「じゃあ、離してもいいよ」

けれど仁居はつながれたままで歩いている。前から人がきたので、つないだ手ごとコートのポケットにかくすと、仁居は共犯者みたいに笑った。公園の出口が見えてくる。すぐ駅なので手を離さないといけない。もう少しこうしていたいなと思って隣を見ると、仁居と目が合った。

「あっち、いってみる?」

仁居が出口とは別の方向を見る。国立はいいねとうなずいた。公園内にある池が見えてきて、ペダルでこぐタイプのスワンボートがたくさん浮かんでいた。

「アヒルだ」

仁居が言い、えっと隣を見た。

「白鳥だよ」

「え、そうなの?」

「スワンボートって聞いたことない?」

問うと、仁居はあっという顔をした。

「……ある」

呆然とつぶやいた。その反応がおかしかった。

「すごい。もう白鳥にしか見えなくなった」

池の周りにはりめぐらされた柵《さく》に肘を置き、仁居はスワンボートを眺めた。というか、あれがアヒルに見えていた仁居にびっくりだが、それは言わないでおいた。

「不思議だ。スワンボートは知ってたのに、あれがそうだとは思わなかった」

「あるある。知ってても頭の中で線がつながってないんだよ」

「つながった途端、世界は開けるね」

「スワンボートから、ずいぶんでっかいとこに出たな」

笑い合いながら、柵に身体をもたせかけて並んで池を眺めた。

仁居の手をふたたびつないで、自分のコートのポケットにしまいこんだ。今、しっかり気持ちがつながっている実感がある。けれど人の気持ちは気まぐれだから、つながっていると思った次の瞬間には離れている。とてもはかないものだから、今この一瞬を味わった。

「スワンボート、乗ってみる?」

どうしようかなと仁居が首をかしげる
「この年で、男ふたりで、乗りたいような、恥ずかしいような」

「乗ってみたら、また世界が開けるかもしれないよ」

仁居は感銘《かんめい》を受けたような顔をして、うん、じゃあ乗ろうと言った。

「チケット買うのかな」

「あっちに受付っぽいのがある」

コートの中でかくれて手をつないで、ふたりでそちらに歩き出す。

午後の屈託《くったく》ない光が、池の水面に反射してきらきら光っていた。

あとがき

AFTERWORD ……………… ―凪良ゆう―

こんにちは、凪良《なぎら》ゆうです。

このたびは本書をお手に取ってくださってありがとうございます。ディアプラスさんで書くのは初めてになるので若干《じゃっかん》緊張していますが、担当さんとは別の編集部で以前からお仕事をさせていただいてたので、特別気負うことなく書かせていただけたことに感謝します。

昨年からいろいろなタイプの話に挑戦していたのですが、一段落して戻ってきたのがこの話のような気がします。いつも通り……いや、いつにも増して派手な事件は起きず、地味地味と登場人物の気持ちを追いました。と言っても人づきあいが絶望的に下手なわたしにとっては人の心の中こそが一番の事件なので、著者的には大事件が頻発《ひんぱつ》している話です（笑）。

仁居《にい》と国立《くにたち》については読んでくださいとお願いするとして、書いていて癒《いや》されたのはニーニでした。子供のころ、うちには猫が六匹いました。ひとり暮らしをはじめた家でも二匹飼い、一時期勤めていた会社の社長も猫好きで、会社の敷地内に猫ハウスが設置されていました。

ずっと猫に縁《えん》のある生活だったのですが、ひょんな事情で犬を飼うことになり、平九郎《へいくろう》というその子とは十六年間一緒に暮らしました。へいちーを見送ってもう二年ほど、なかなか新しい子をお迎えする気にはなれなかったのですが、今回ニーニを書きながら、生き物のいる暮らしってやっぱりいいなあと自然と思えました。ニーニ、どうもありがとう。

イラストは二宮悦巳《にのみやえつみ》先生に描いていただきました。以前からぜひお仕事をご一緒したいと願っていたので、担当さんを通じて了承の返事をいただけたときは本当に嬉しかったです。ガラスのような透明感とやわらかな光が共存している表紙に目を奪われました。想像していた以上の世界を描いていただけたこと心から感謝いたします。二宮先生、ありがとうございました。

そして読者のみなさまへ。じりじりゆっくりとしか進めない人たちの話ですが、わたしはこの話に出てくる人たちが好きです。がんばってもうまくいかず、たまに全部投げ出したくなってもそういうわけにもいかない──というのがわたしの『日常』のイメージなのですが、彼らも似たようなもので、でも彼らなりにおずおずとではあるけれどほしいものに手を伸ばしている、完全にあきらめきれない、弱いくせにしぶとい、人間臭いところが身近に感じることができました。

わたしもネガティブ寄りの性格なので頻繁《ひんぱん》に落ち込んだりしています。でも書くという仕事が好きなので、ネタに詰まっても、一日に三行しか書けない日があっても、〆切前でも、あきらめずに長く書き続けていきたいと思います（笑）。今後もよろしくおつきあいください。


また、次の本でもお目にかかれますように。

二〇一五年　七月　凪良ゆう

この本を読んでのご意見、ご感想などをお寄せください。
凪良ゆう先生・二宮悦巳先生へのはげましのおたよりもお待ちしております。

〒113-0024　東京都文京区西片2-19-18　新書館
[編集部へのご意見・ご感想] ディアプラス編集部「ニアリーイコール」係
[先生方へのおたより] ディアプラス編集部気付　○○先生

-初出-
ニアリーイコール：書き下ろし

ニアリーイコール

著者：凪良ゆう　なぎら・ゆう

初版発行：2015年8月25日
第4刷：2023年11月20日

発行所：株式会社 新書館
[編集] 〒113-0024
東京都文京区西片2-19-18　電話（03）3811-2631
[営業] 〒174-0043
東京都板橋区坂下1-22-14　電話（03）5970-3840
[URL] https://www.shinshokan.co.jp/

印刷・製本：株式会社光邦

ISBN978-4-403-52385-4　

ボーイズラブ

ディアプラス文庫

NOW ON SALE!!

新書館

✤絢谷りつこ あやたに・りつこ
恋するピアニスト イラスト あさとえいり
天使のハイキック イラスト 夏乃あゆみ
花宵坂に恋が舞う イラスト 北沢きょう
ココロに咲く花 イラスト 六芦かえで
初恋の歩き方 イラスト みろくことこ

✤安西リカ あんざい・りか
好きって言いたい イラスト おおやかずみ
好きで、好きで イラスト 木下けい子
何度でもリフレイン イラスト 小椋ムク
初恋ドローイング イラスト みろくことこ

✤一穂ミチ いちほ・みち
雪よ林檎の香のごとく イラスト 竹美家らら
オールトの雲 イラスト 木下けい子
はな咲く家路 イラスト 松本ミーコハウス
Don't touch me イラスト 高久尚子
さみしさのレシピ イラスト 北上れん
ハートの問題 イラスト 三池ろむこ
シュガーギルド イラスト 小椋ムク
meet,again. イラスト 竹美家らら
ムーンライトマイル イラスト 木下けい子
バイバイ、ハックルベリー イラスト 金ひかる
ノーモアベット イラスト 二宮悦巳
甘い手、長い腕 イラスト 雨隠ギド
ワンダーリング イラスト 二宮悦巳
イエスかノーか半分か イラスト 竹美家らら
世界のまんなか イエスかノーか半分か2 イラスト 竹美家らら

✤いつき朔夜 いつき・さくや
GIトライアングル イラスト ホームラン・拳
コンティニュー? イラスト 金ひかる
八月の略奪者 イラスト 藤崎一也

午前五時のシンデレラ イラスト 北畠あけ乃
ウミノツキ イラスト 佐々木久美子
征服者は貴公子に跪く イラスト 金ひかる
初心者マークの恋だから イラスト 夏目イサク
スケルトン・ハート イラスト あじみね朔生
溺れる人魚 イラスト 北上れん
つながりたい イラスト 石原理
おまえにUターン イラスト 印東サク
初恋ドレッサージュ イラスト 周防佑未
背中で君を感じてる イラスト 宝井さき
カモフラージュ〜十年目の初恋〜 イラスト 香坂あきほ
神凪の恋 イラスト 富士山ひょうた
霞ヶ関ラヴァーズ イラスト 高階佑
シェイク・ミー・テンダー イラスト 本間アキラ

✤岩本薫 いわもと・かおる
プリティ・ベイビィズ①〜③ イラスト 麻々原絵里依
スパイシー・ショコラ〜プリティ・ベイビィズ〜
ホーム・スイートホーム〜プリティ・ベイビィズ〜 イラスト 麻々原絵里依

✤うえだ真由 うえだ・まゆ
チープシック イラスト 吹山りこ
みにくいアヒルの子 イラスト 前田とも
水槽の中、熱帯魚は恋をする イラスト 後藤星
モニタリング・ハート イラスト 影木栄貴
スノーファンタジア イラスト あさとえいり
ス^{2}イート・バケーション イラスト 金ひかる
それはそれで問題じゃない? イラスト 高橋ゆう
恋の行方は天気図で イラスト 橋本あおい
ロマンスの黙秘権 全3巻 イラスト あさとえいり
Missing You イラスト やしきゆかり
プラコン処方箋 イラスト やしきゆかり
恋人は僕の主治医 プラコン処方箋2 イラスト やしきゆかり

イノセント・キス イラスト 大和名瀬
勾留中のアステリアス イラスト あさとえいり
建設現場に恋の花 イラスト 橋本あおい

✤可南さらさ かなん・さらさ
カップ一杯の愛で イラスト カワイチハル

✤華藤えれな かとう・えれな
愛のマタドール イラスト 葛西リカコ
裸のマタドール イラスト 葛西リカコ
飼育の小部屋〜監禁チェリスト〜 イラスト 小山田あみ

✤金坂理衣子 かねさか・りいこ
気まぐれに惑って イラスト 小鳩めばる
漫画家が恋する理由 イラスト 街子マドカ
型にはまらぬ恋だから イラスト 佳門サエコ
恋人はファインダーの向こう イラスト みずかねりょう

✤柊平ハルモ くいびら・はるも
恋々 イラスト 北沢きょう
終われない恋 イラスト あさとえいり

✤久我有加 くが・ありか
キスの温度 イラスト 蔵王大志
光の地図 キスの温度2 イラスト 蔵王大志
長い間 イラスト 山田睦月
春の声 イラスト 藤崎一也
スピードをあげろ イラスト 藤崎一也
何でやねん! 全2巻 イラスト 山田ユギ
無敵の探偵 イラスト 蔵王大志
落花の雪に踏み迷う イラスト 門地かおり(※定価630円)
わけも知らないで イラスト やしきゆかり
短いゆびきり イラスト 奥田七緒
ありふれた愛の言葉 イラスト 松本花
明日、恋におちるはず イラスト 一之瀬綾子
あどけない熱 イラスト 樹要

月も星もない イラスト 金ひかる(※定価630円)
月よ笑ってくれ 月も星もない2 イラスト 金ひかる
恋は甘いかソースの味か イラスト 街子マドカ
それは言わない約束だろう イラスト 桜城やや
どっちにしても俺のもの イラスト 夏目イサク
不実な男 イラスト 富士山ひょうた
簡単で散漫なキス イラスト 高久尚子
恋は愚かというけれど イラスト RURU
君を抱いて昼夜に恋す イラスト 麻々原絵里依
いつかお姫様が イラスト 山中ヒコ
普通ぐらいに愛してる イラスト 橋本あおい
恋で花実は咲くのです イラスト 草間さかえ
青空へ飛べ イラスト 高城たくみ
わがまま天国 イラスト 楢崎ねねこ
青い鳥になりたい イラスト 富士山ひょうた
海より深い愛はどっちだ イラスト 阿部あかね
ポケットに虹のかけら イラスト 陵クミコ
頬にしたたる恋の雨 イラスト 志水ゆき
魚心あれば恋心 イラスト 文月あつよ
思い込んだら命がけ! イラスト 北別府ニカ
恋するソラマメ イラスト 金ひかる
恋の押し出し イラスト カキネ
におう桜のあだくらべ イラスト 佐々木久美子
君が笑えば世界も笑う イラスト 佐倉ハイジ
もっとずっときっと笑って イラスト 佐倉ハイジ
華の命は今宵まで イラスト 花村イチカ

✤栗城偲 くりき・しのぶ
恋愛モジュール イラスト RURU
スイート×リスイート イラスト 金ひかる
君の隣で見えるもの イラスト 藤川桐子
素直じゃないひと イラスト 陵クミコ
ダーリン、アイラブユー イラスト みずかねりょう
いとを繋いだその先に イラスト 伊東七つ生

✤小林典雅《こばやし・てんが》

たとえばこんな恋のはじまり イラスト 秋葉東子
執事と画学生、ときどき令嬢 イラスト 金ひかる
藍苺畑でつかまえて イラスト 夏目イサク
素敵な入れ替わり イラスト 木下けい子
あなたの好きな人について聞かせて イラスト おおやかずみ
デートしようよ イラスト 麻々原絵里依

✤桜木知沙子《さくらぎ・ちさこ》

現在治療中 全3巻 イラスト あとり硅子
HEAVEN イラスト 麻々原絵里依
あさがお ～morning glory～ 全2巻 イラスト 門地かおり
サマータイムブルース イラスト 山田睦月
愛が足りない イラスト 高野宮子
教えてよ イラスト 金ひかる
どうなってんだよ? イラスト 麻生 海
双子スピリッツ イラスト 高久尚子（※定価651円）
メロンパン日和 イラスト 藤川桐子
好きになってはいけません イラスト 夏目イサク
演劇どうですか? イラスト 吉村
札幌の休日 全4巻 イラスト 北沢きょう
東京の休日 全2巻 イラスト 北沢きょう
夕暮れに手をつなぎ イラスト 青山十三
恋をひとかじり イラスト 三池ろむこ
友達に求愛されてます イラスト 佐倉ハイジ
特別になりたい イラスト 陵クミコ

✤砂原糖子《すなはら・とうこ》

斜向かいのヘブン イラスト 依田沙江美
セブンティーン・ドロップス イラスト 佐倉ハイジ
純情アイランド イラスト 夏目イサク（※定価651円）
204号室の恋 イラスト 藤井咲耶
言ノ葉ノ花 イラスト 三池ろむこ
言ノ葉ノ世界 イラスト 三池ろむこ
言ノ葉ノ使い イラスト 三池ろむこ
恋のはなし イラスト 高久尚子
恋のつづき 恋のはなし② イラスト 高久尚子

虹色スコール イラスト 佐倉ハイジ
15センチメートル未満の恋 イラスト 南野ましろ
スリープ イラスト 高井戸あけみ
スイーツキングダムの王様 イラスト 二宮悦巳
セーフティ・ゲーム イラスト 金ひかる
恋惑星へようこそ イラスト 南野ましろ
恋愛できない仕事なんです イラスト 北上れん
恋はドーナツの穴のように イラスト 宝井理人
恋じゃないみたい イラスト 小鳩めばる
全寮制男子校のお約束事 イラスト 夏目イサク

✤月村 奎《つきむら・けい》

believe in you イラスト 佐久間智代
Spring has come! イラスト 南野ましろ
step by step イラスト 依田沙江美
もうひとつのドア イラスト 黒江ノリコ
秋霖高校第二寮 全3巻 イラスト 二宮悦巳
エンドレス・ゲーム イラスト 金ひかる（※定価682円）
エッグスタンド イラスト 二宮悦巳
きみの処方箋 イラスト 鈴木有布子
家賃 イラスト 松本 花
WISH イラスト 橋本あおい
ビター・スイート・レシピ イラスト 佐倉ハイジ
秋霖高校第二寮リターンズ 全3巻 イラスト 二宮悦巳
レジーデージー イラスト 依田沙江美
CHERRY イラスト 木下けい子
恋を知る イラスト 金ひかる
おとなり イラスト 陵クミコ
ブレッド・ウィナー イラスト 木下けい子
すき イラスト 麻々原絵里依
恋愛☆コンプレックス イラスト 陵クミコ
不器用なテレパシー イラスト 高星麻子
嫌よ嫌よも好きのうち? イラスト 小椋ムク
teenage blue イラスト 宝井理人
50番目のファーストラブ イラスト 高久尚子
恋する臆病者 イラスト 小椋ムク
すみれびより イラスト 草間さかえ

✤鳥谷しず《とりたに・しず》

スリーピング・クール・ビューティ イラスト 金ひかる
流れ星ふる恋がふる イラスト 大槻ミゥ
恋の花ひらくとき イラスト 香坂あきほ
恋色ミュージアム イラスト みずかねりょう
新世界恋愛革命 イラスト 周防佑未
神の庭で恋萌ゆる イラスト 宝井さき
その兄弟、恋愛不全 イラスト Ciel
契約に咲く花は イラスト 斑目ヒロ

✤名倉和希《なくら・わき》

はじまりは窓でした。 イラスト 阿部あかね
耳たぶに愛 イラスト 佐々木久美子
戸籍係の王子様 イラスト 高城たくみ
夜をひとりじめ イラスト 富士山ひょうた
ハッピーボウルで会いましょう イラスト 夏目イサク
神さま、お願い～恋する狐の十年愛～ イラスト 陵クミコ
愛の一筆書き イラスト 金ひかる
手をつないでキスをして イラスト Ciel

✤凪良ゆう《なぎら・ゆう》

ニアリーイコール イラスト 二宮悦巳

✤ひちわゆか《ひちわ・ゆか》

少年はKISSを浪費する イラスト 麻々原絵里依
ベッドルームで宿題を イラスト 二宮悦巳
十三階のハーフボイルド① イラスト 麻々原絵里依（※定価620円）

✤松岡なつき《まつおか・なつき》

【サンダー&ライトニング 全5巻】 イラスト カトリーヌあやこ
30秒の魔法 全3巻 イラスト カトリーヌあやこ
華やかな迷宮 全5巻 イラスト よしながふみ

✤水原とほる《みずはら・とほる》

仕立て屋の恋 イラスト あじみね朔生
金銀花の杜の巫女 イラスト 葛西リカコ

✤夕映月子《ゆえ・つきこ》

天国に手が届く イラスト 木下けい子
てのひらにひとつ イラスト 三池ろむこ
京恋路上ル下ル イラスト まさお三月
王様、お手をどうぞ イラスト 周防佑未
恋してる、生きていく イラスト みずかねりょう

✤渡海奈穂《わたるみ・なほ》

甘えたがりで意地っ張り イラスト 三池ろむこ
ロマンチストなろくでなし イラスト 夏乃あゆみ
神さまと一緒 イラスト 窪スミコ
マイ・フェア・ダンディ イラスト 前田とも
夢は廃墟をかけめぐる☆ イラスト 依田沙江美
恋になるなら イラスト 富士山ひょうた
さらってよ イラスト 麻々原絵里依
正しい恋の悩み方 イラスト 佐々木久美子
ゆっくりまっすぐ近くにおいで イラスト 金ひかる
手を伸ばして目を閉じないで イラスト 松本ミーコハウス
兄弟の事情 イラスト 阿部あかね
恋人の事情 兄弟の事情2 イラスト 阿部あかね
未熟な誘惑 イラスト 二宮悦巳
たまには恋でも イラスト 佐倉ハイジ
カクゴはいいか イラスト 三池ろむこ
夢じゃないみたい イラスト カキネ
その親友と、恋人と。 イラスト 北上れん
恋でクラクラ イラスト 小鳩めばる
いばらの王子さま イラスト せのおあき
厄介と可愛げ イラスト 橋本あおい
絡まる恋の空回り イラスト 斑目ヒロ
運命かもしれない恋 イラスト 草間さかえ
ご主人様とは呼びたくない イラスト 栖山トリ子